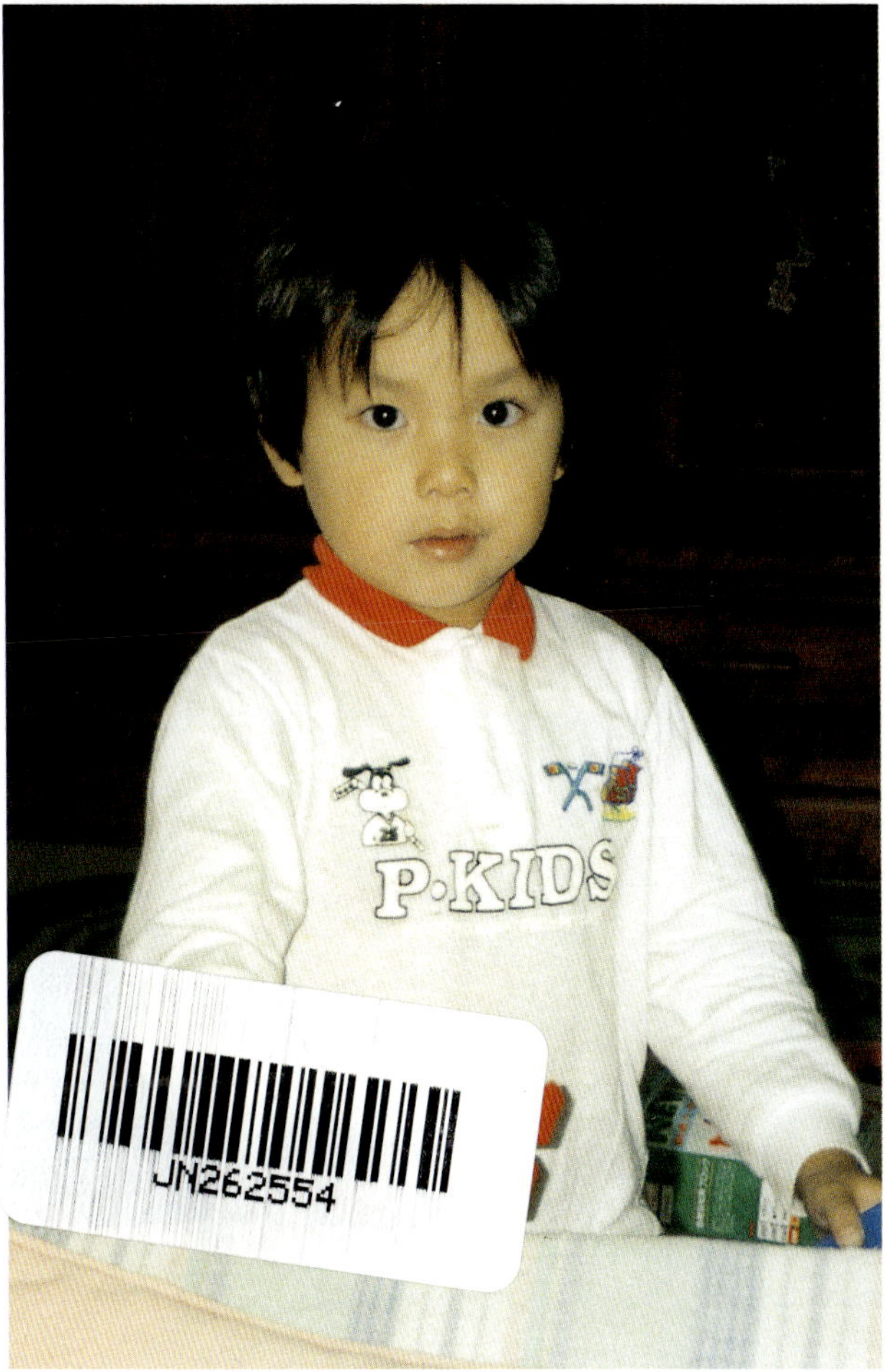

淳　5歳の頃

0歳9カ月、盛んにはいはいをし始めた。

1歳11カ月、車でお出かけ前の一コマ。ちょっと、よそいきの表情で。

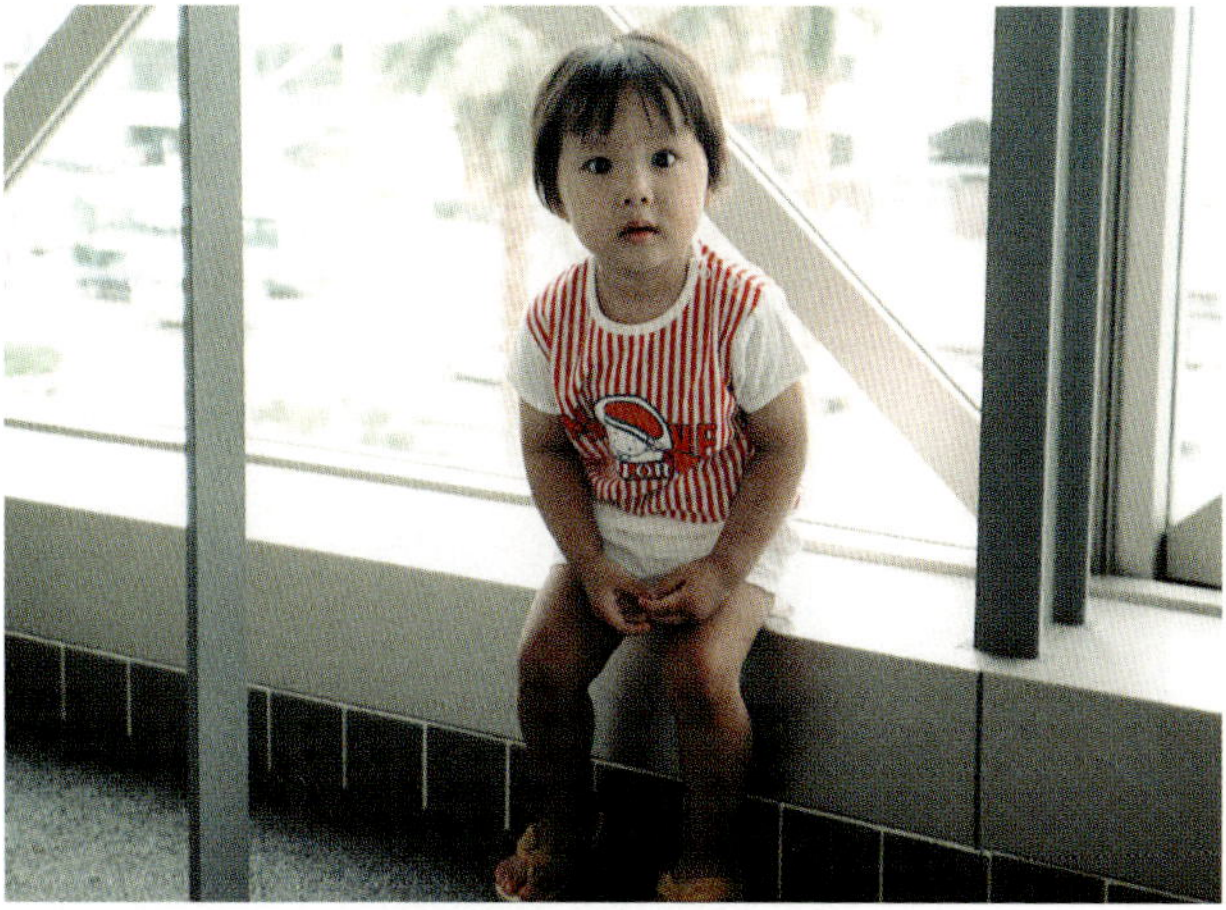

２歳５カ月、須磨水族園にて。女の子とよく間違われた。

６歳７カ月、宝塚ファミリーランドにて。ピカピカの一年生の頃。

8歳2カ月、三年生になって。トランポリンの上でポーズ。

新潮文庫

淳

土師守著

新潮社版

6897

目次

淳

誕生と成長

一九八六年二月十日早朝、私たち夫婦の次男として淳《じゅん》は生まれました。神戸市須磨《すま》区内の産婦人科医院でした。

前夜、妻に陣痛が始まり、産婦人科に入院したのは、深夜のことでした。長男の敬《たかし》(仮名)はまだ二歳。病院から誕生の連絡を受けた時、家には私と敬と私の母の三人がいたように記憶しています。

当時、姫路市にある兵庫県立姫路循環器病センターに勤務していた私は、職場を休むこともできず、妻のもとに駆けつけることができたのは、勤務が終わったあとの夜十時頃になってのことでした。

大学を一九八一年に卒業した私は、放射線科の医師として、島根県と広島県の病院をまわったあと、兵庫県にもどりましたが、すでに卒業後、五つめの勤務先になっていました。

新しい勤務先にうつって間もなくのことで、当日、病院の歓迎会がちょうど入っていたこともあって、妻のもとにいくのが遅れてしまったのです。

初めて見た赤ちゃんは、生まれたばかりにしてはシワも少なく、頬がふっくらとした感じでした。

「また、名前考えといてね」

妻は、赤ちゃんを抱きながら、そう嬉《うれ》しそうにいいました。

私は女の子が欲しくて仕方がなかったので、あらかじめ超音波検査で生まれてくる子が男の子であることがわかった時は、少し残念でした。姉夫婦は三人とも女の子でしたが、うちは長男、次男と、ふたり男の子が続いてしまいました。

しかし、やはり生まれてくればかわいいもので、夫婦とも大喜びしたものでした。

学生時代から付き合っていた妻とは、一九八二年に結婚して、この時、四年目を迎えていました。

一週間後、退院。名前は、本を見て、字画がいいのと、外国でも通用できる「ジュン」という発音を考えて、〝淳〟とつけました。

夫婦で女の子が欲しかったこともあり、淳の髪の毛は少し長いめにし、服も赤やピンク系のものを着せたりしました。

近所の人や知らない人たちは、

「かわいいわねえ。女の子みたい」

と、よくいってくれたものです。

でも、成長していくと、やっぱり男の子は男の子で、いくらかわいくても男の子でしかない、女の子にはなれないということを、気づかされることがたびたびでした。

淳の一歳の誕生日は、おじいちゃんおばあちゃんも集まって、みんなでお祝いしました。

まだ今のマンションに移ってくる前のことで、同じ友が丘でしたが、部屋も3LDKの小さめのところに私たちは住んでいました。

この頃、私は勤務先が姫路の循環器病センターから神戸大学医学部附属病院に移っていました。医者になって丸六年。ちょうどいろいろな面で忙しくなってくる時期で、そんな中、敬や淳の存在が心のやすらぎになってくれていました。

「大きくなったらなんになるんやろねえ」

ちらし寿司《ずし》や誕生ケーキを囲んで、淳の将来について、家族みんなで想像をめぐらしたものでした。

淳の身体的な発育は順調で、歩けるようになったのも、一歳前であり、特に問題はありませんでした。

しかし、だんだん言葉の発育が遅い傾向が見えはじめました。

ふつう、一歳頃から単語をいはじめ、二歳になると、ふたつの単語をつなぎあわせる〝二語文〟を話しはじめ、〝三語文〟から〝多語文〟へと変わっていくものですが、淳の場合は、〝二語文〟はいうものの、〝多語文〟をなかなか話しはじめませんでした。

幼稚園は、地元の北須磨保育センターに入園しましたが、その時はすでに、ほかの子供に比べ、明らかに言葉の発育に遅れが生じてきていました。

そのために、ほかの発育も不充分になっていました。

幼稚園の年長組のときに、妻が先生に呼び出され、

「発育に遅滞があります」

と、告げられました。

家庭でも淳には、

「きょうは何したん？」

とか、

「きょうは誰と遊んだの？」

といった会話をできるだけするようにしていました。

淳からは、

「砂遊びしたん」

「自転車のった」

という答えは返ってきました。

しかし、長文の説明はできません。それに助詞の使い方が曖昧《あいまい》でした。

〝個体差〟にしては、ちょっと差が大きいということは私も医者ですのでわかっていました。

幼稚園の先生から明確に告げられたのは、そんなときでした。

「専門家に相談した方がいいと思います。兵庫県立こども病院にいい先生がいらっしゃいます。一度、診ていただいたらいかがでしょうか」

その医師は、まったく偶然ですが、私の大学時代の同期生の女性でした。

私はさっそく電話を入れ、淳を診てもらうことにしました。

診察のあと、彼女は、

「言葉の発育は遅延傾向がみられますが、ほかのことはある程度できるようですから、様子をみられたらいかがでしょうか。特に器質的な疾患はないと思います」

とのことでした。

その後も数回診察してもらいましたが、その間も特に改善は見られず、ほかの子供たちとの発育の差は徐々に広がっていきました。

いつもにこにこして、かわいい笑顔をふりまいてくれるのですが、たとえば運動会の時にも、もともと競争心がないため、みんなが走っているときに必死で走るようすはありませんでした。

淳ひとりだけが、楽しんで走っている感じなのです。

やがて、淳は小学校に入学しました。

入学式の当日、淳は嬉しそうにでかけていきました。

勤務が抜けられず、式に参加できなかった私は、あとで式の様子を妻から聞きました。

祝辞や校長先生の話が続き、淳は次第に飽きて、ゴソゴソしていたようですが、なんとか最後までガマンできたようです。

お兄ちゃんのお下がりの灰色のブレザーを着こなした淳は、この日から多井畑《たいのはた》小学校の一員になりました。

小学一年では、ひらがなや数の概念など、これからの勉強の基本になるものが教えられます。

しかし、言葉自体の発育が遅れていた淳には、まだとても理解できるものではなかったと思います。

親としては、淳が友だちに溶け込めているのかどうか。それが心配です。言葉の問題で、友だちから仲間外れにされたり、いじめられたりはしないだろうか。それが気にかかりました。

一年生の日曜参観が、たしか六月頃にあったと思います。少し遅れていった私は、淳の姿を教室の真ん中あたりに見つけました。

授業はうわのそらのようでしたが、私の姿を見つけて淳は嬉しそうでした。

そのとき授業でやっていたのは、

「この人はだれのおとうさん？　だれのおかあさん？」

というゲームです。

参観にきているお父さんやお母さんが誰の親なのか、みんなで当てるのです。父兄参加の半分お遊びのような一年生らしい授業です。

私がすぐ指されました。

「この人はだれのおとうさん？」

みんなに先生が聞きました。

「淳君のお父さん！」

みんなが一斉にいいました。淳はにこにこしています。

「ああ、淳に友だちがたくさんいる」

そのときの雰囲気で、私にはそれがわかりました。

淳が嫌がりもせず、毎日、学校に通っている理由がよくわかりました。

少し、私はホッとしました。

淳と一緒に町を歩いていると、よく友だちや、お兄ちゃんお姉ちゃんに声をかけられます。

「あっ、淳くん」

気軽にいろんな人が声をかけてくれるのです。

淳の方は、声をかけられても無頓着《むとんちゃく》なのですが、一緒に歩いている私の方は、淳がみんなに受け入れられていることを嬉しく思ったものでした。

淳が小学校二年のときに、〝なかよし学級〟がつくられ、淳もそこに所属して勉強を始めました。

ほかの子供たちと同じ授業では理解することができませんし、その意味では淳にとってもよいことだと思いました。

淳は水泳が好きでした。

兄の敬と同じように淳にも軽い小児喘息《ぜんそく》がありました。私と妻は、発作を起こさないで体力強化をする目的で、幼稚園の頃から淳をスイミングスクールに通わせることにしました。

最初の頃こそ淳は水を少し怖がっていましたが、すぐに慣れました。

それからはスイミングスクールにいくのが淳は楽しくてたまらなくなりました。淳はまさに水を得た魚でした。

言葉が遅れていることもあり、ほかの子供たちと同じようには進級できません。でも、泳ぐようすは本当にいきいきとして嬉しそうでした。熱が出ているときでも、身体《からだ》が疲れているときでも、淳はスイミングスクールにだけはいきたがったものです。

スイミングスクールに通うのは、月曜日と木曜日の毎週二回です。小学校二、三年生までは妻が、それ以降は私の父が送り迎えをしてくれていました。

淳はスイミングスクールが終わったあとは、決まって近くのペットショップに入りました。市営地下鉄・名谷《みようだに》駅の近くにある〝山陽ペットガーデン〟です。

そこで、淳はミドリ亀《がめ》と熱帯魚を見るのが大好きでした。

買い物や遊びでいったところにペットショップがあると、淳は必ず、そこに入り、ミドリ亀と熱帯魚にじっと見入っていました。

スイミングスクールで泳いだあとは、お腹《なか》がすきます。フライドポテトが好きだった淳はお小遣いをもらい、それでフライドポテトをよく買いました。

でも、淳はそのフライドポテトを一人で食べようとせず、必ず家に持ち帰りました。

淳はそれをお皿に半分入れて、

「これはお兄ちゃんの分」

といって、分けて食べました。

淳は、教えられたわけでもないのに、そんなやさしい心をいつのまにか身につけた子になっていました。

淳が通っていたスイミングスクールでは、日曜日に家族への開放プールがおこなわれていました。淳はこれを楽しみにしていました。淳が小学校の低学年までは、私も敬や淳とよく泳ぎにいったものです。このときは、普段のスイミングスクールと違い、自分で好きなように泳げるため淳はいつもよりさらに楽しそうに、笑い声をあげながら、泳いだものでした。

幼稚園のときのこと。淳の通う北須磨保育センターには、第一センターと第二センターの二つがあり、淳は第一センターの方に通っていました。

その二つの幼稚園はすぐ近くにあるため、時々、第一センターから第二センターに遊びにいったりすることがあったようです。

あるとき、担任の先生が、第一センターに帰ろうと園児を集めていると、淳だけが見つかりません。

それで大騒ぎになったのですが、なんと淳は第二センターの園児たちと一緒にいつの間にかプールに入って勝手に泳いでいたそうです。

「見慣れない子供が入っている。だれだろう?」

向こうの先生はそう思っていたそうですが、淳は満面に笑みをたたえて泳いでいたそうです。

淳はそのぐらい水泳が好きでした。


淳は、旅行も大好きでした。

私たち家族は、夏休みになると、妻の実家がある山口県にいくのを恒例にしていました。

妻の実家は萩《はぎ》市近郊の田舎町です。静かで人々の気持ちもとても優しいところです。

そこには、温泉もあり、安い料金で入浴できる上、露天風呂《ぶろ》もありました。

私も敬も淳も、温泉が大好きです。毎日、温泉にいくのを楽しみにしていました。

温泉の風呂は家の風呂よりずいぶん大きいため、淳はここで素っ裸でいつも泳ごうとしました。

もちろん、湯船で泳ぐことは禁じられています。私たちが、

「淳、やめなさい」

といっても、淳はにこにこしながら、またしばらく経《た》つと泳いだりしたものでした。

夜には、妻の両親の家の前の小川にかかる橋で、よく花火をしました。

「花火、花火。花火するの」

いつもおじいちゃんにねだって、淳は花火を買ってもらっていました。

淳はパチパチと暗闇《くらやみ》で花火が散るのを、夢でも見ているかのように眺めていました。

町なかではとても打ち上げ花火はできませんが、ここでは田畑に向けて、打ち上げ花火だってできました。

「うわあー」

夜空に飛んでいく花火を見上げる淳のキラキラした瞳《ひとみ》を忘れることはできません。

山口県には、カルスト台地で有名な秋吉台《あきよしだい》があり、秋芳洞《しゅうほうどう》には毎年、いきました。秋芳洞の中は夏でも涼しく、まさに天然のクーラーです。上から垂れ下がってきたり、いろいろな形状をした奇岩は、まさに自然がつくりあげた芸術作品です。

淳は不思議そうに見ていました。

秋吉台には、もうひとつ淳の好きなものがありました。

それはサファリパークです。

毎年、私たちはここを訪ねました。

「あ、ラクダや」

「お父さん、クマ」

淳は車の中から象やシマウマ、ラクダ、熊《くま》、トラ、ライオンなどを食い入るように見ていました。

サファリパークには、〃ふれあい広場〃というところがあり、そこでは羊やヤギに直接触れることができました。

淳はおそるおそるそれらの動物に触れていました。

実は、動物好きの淳も犬だけは苦手でした。三歳の時、淳は姉一家が飼っていた小さな柴犬《しば》に、鼻の頭を軽くですが、咬《か》まれたことがありました。

それ以来、淳は動物好きなのに、犬だけは怖がるようになってしまいました。

この〃ふれあい広場〃では、トラやライオンの子供を抱いて記念撮影をすることもできましたが、兄の敬は怖がりながらもトラやライオンの子供を抱くのですが、淳は怖がって、いっさい抱こうとしませんでした。

サファリパークの横には小さな遊園地があります。

そこには、淳の好きな機関車の乗り物やミニコースターがあり、淳は大喜びでそれらに乗っていました。

私も妻も敬も、ジェットコースターなどの絶叫マシーンは好きになれませんでしたが、淳だけはこの手の乗り物も大好き。一人ででもよく乗ろうとして私たちを困らせたものでした。

萩市の近くには、青海島《おうみじま》があります。

青海島は、長門《ながと》市の仙崎港の沖合いにあり、島の北側は日本海の荒波に浸食されていろんな形の海の洞窟《どうくつ》ができています。

そこをぐるりとまわる観光船があり、淳はその船にもよく乗りました。

その船には、小さいものも、大きいものもありますが、小さい船ですと岩のすき間にも入っていくことができ、迫力があり、とても興奮します。

そそり立った崖《がけ》や奇岩を淳は声もあげずに見入っていました。

船の窓をあけると波しぶきがかかります。淳の興奮ぶりは一番で、まともにその波しぶきや潮風を身体全体で受け、大喜びしていたものでした。

妻の故郷の近くには、長門峡《ちょうもんきょう》もあります。

山口県の中東部を流れている阿武《あぶ》川中流の峡谷です。

長さは一二キロほどあり、清流で有名な場所ですが、小学五年の夏、淳は、ここで川遊びを満喫しました。

前の年に来たときは、水着を持ってこなかったため、淳は川に入ることができませんでした。

泳いでいる子どもたちを見て、羨《うらや》ましそうにしていたので、

「来年は水着を持ってこようね」

と、約束していました。

淳は、いわば二年越しの希望を果たして、川遊びを大いに楽しんだのでした。

川に肩まですっぽり浸《つ》かりながら、

「おとうさーん、おかあさーん」

と、嬉《うれ》しそうに叫んでいます。

「深いところはいったらあかんで」

私も妻も、敬と淳に声をかけました。

これが淳にとっては、最後の夏になりました。

淳は乗り物が大好きです。

電車は特に好きで、最近ではＪＲの電車のほとんどを覚えていました。私が電車の写真の載っているパソコン用のＣＤ－ＲＯＭを買ってきて、時々、印刷してあげると、大喜びしました。その紙に電車の名前をひらがなで書いては自分のファイルにしまい、大切にしていたものです。

自動車も普通の乗用車などには、あまり興味を示しません。工事現場で動くクレーン車やダンプカー、それに救急車やゴミ収集車などが好きでした。マンションのベランダからゴミ収集車などが見えると、飽きもせずそれをじっと見つめているのです。また、近くで小さな工事などがあると、そこに来ている工事に使う車をよく見にいったりしたものでした。

淳は〝機関車トーマス〟の大ファンでした。本もたくさん揃《そろ》えていましたし、ビデオも持っていました。

小学校の低学年の頃は、よく〝機関車トーマス〟のビデオを見ていました。そんなに見ていると、いつかテープが擦り切れるんじゃないか、と心配したものです。

実際、いくつか擦り切れてダメになったテープもありました。

さすがに高学年になって回数は減ってきたものの、それでも時々は見ていたようです。〝機関車トーマス〟のいろいろなキャラクターがついてくるお菓子なども、妻によくねだっていたようです。

妻はそのお菓子を一回に一個ずつしか買いませんでしたが、淳は新しいものが増えると、

「これ、トーマス」

「パーシーや」

「これ、ヘリコプターのハロルド」

などといいながら、自分で決めた順番にきちんと並べては喜んでいました。

淳の乗り物好きは、当然、好きな「本」にも影響しました。

淳は乗り物が載っている本が大好きです。しかも、几帳面《きちょうめん》な性格の淳は、シリーズで出ている本を順番に集めるのです。

二〇冊ぐらいあるシリーズでも、どれを買っていて、どの本を買っていないのかを淳はよく覚えていました。ですから、本屋にいったときも、欲しいもの、つまり家にない本をちゃんと選んできて、私に、

「これが欲しい」

といって来たものでした。

淳の几帳面さは、その整理整頓《せいとん》の仕方でもよくわかりました。布団《ふとん》を敷くにしても、淳は家族のぶんまできちんと敷いてくれるのです。妻が時々、代わりに敷くと、自分で全部やり直し、自分が決めた並べ方になおすほどの徹底ぶりです。

淳の部屋は、兄の敬と同じ部屋でしたが、敬が散らかしてばかりいるのに、淳は兄のぶんまできれいに整理整頓したものでした。

淳は一週間に一度は必ず部屋全体の掃除や整理をするという几帳面な性格の男の子でした。

淳は歌も大好きでした。

小さいときから、NHKの〝みんなの歌〟をよく見ていました。

一番好きな歌は、〝翼をください〟です。小学校の四年か五年のとき、学校の音楽の授業で淳はこの歌を習ったそうです。

淳はこの歌が大のお気に入りになりました。

私は、この歌が音楽の教科書に出ているとは知りませんでした。

これは、私が中学か高校の頃に流行したもので、〝赤い鳥〟というグループが唄《うた》ったものです。

私も好きな歌でしたし、私にとってはいわば学生時代の思い出の曲でもあったのです。

私は、淳があまりにこの曲を気に入っていたので、近所の店で〝赤い鳥〟のCDを探し出してきました。

淳は大喜びで、この〝翼をください〟をよく聴いていました。

ほかにも、淳はよく音楽を聴きました。

小学校五年から六年にかけては、松田聖子の〝あなたに逢《あ》いたくて〟や、ポケットビスケッツの〝Yellow Yellow Happy〟などをよく聴いていたようです。

特に、〝Yellow Yellow Happy〟は、淳がいなくなる当日の午前中にも聴いていました。

淳は知的発育障害があったせいか、逆に感受性が普通の子どもより発達していたように思います。

淳が好きだったテレビ番組は、アニメでは〝日本昔ばなし〟〝ドラえもん〟〝サザエさん〟です。

この三つの番組だけは、欠かさず見ていました。

またテレビ番組ではありませんが、手塚治虫原作の〝鉄腕アトム〟のビデオをよく見ていました。

動物好きですから、〝どうぶつ奇想天外!〟や続いて放映されている〝世界・ふしぎ発見!〟は必ず見ていたように思います。

変わったところでは、淳が歴史ドラマも好きだったことです。

NHKの大河ドラマのファンで、ちょんまげ姿の侍が出てくるだけで、淳は満足していたのかも知れません。

〝八代将軍吉宗〟に始まって、〝秀吉〟、そして〝毛利元就《もとなり》〟と、淳は毎年の大河ドラマを興味津々《しんしん》で見入っていたものです。

淳は、花の好きな子でもありました。特に好きなのはひまわりです。花の写真が写っているカレンダーをかけていると、八月はひまわりが写っていることが多いので、よくカレンダーをめくっては、ひまわりを見ていたようです。

丸くて大きくてきれいな花。ニコニコ微笑《ほほえ》みかけてくる黄色の花。ひまわりは、淳にとって、お日さまのようにいつまでも輝いている存在だったのかもしれません。

ひまわりの次に好きだったのは、ガーベラやアルストロメリア、それにパンジーなどでした。パンジーを買ってきて、ベランダのプランターに植えかえると、淳は毎日それに水をやり、ていねいに世話を続けてくれました。

私たち家族は、よく妻の手作り弁当を持って、近くの須磨離宮公園、奥須磨公園、しあわせの村、それに神戸総合運動公園などにピクニックに出かけました。淳は家族でそういうところに出かけるのが大好きなのです。淳のいなくなる一ヵ月ほど前にも、離宮公園に弁当を持っていきました。

淳は、

「お兄ちゃん、待って」

などといって、敬を追いかけまわしていました。

私たち家族が撮った淳の写真は、この時のものが最後になりました。

淳は足が達者なものですから、山登りも得意です。

ときどき、近くの山に一緒に登りにいきましたが、淳のスピードは速く、またしっかりしていました。

日頃、運動不足の私などはとても追いつけません。

「淳も、随分たくましくなってきたな」

そんなことを考えさせられたものでした。

淳が小学校三年生のときに、六年生の学年がかなり荒れていました。あのA少年にいじめられたのも、この頃のことでした。淳にかぎらず、ほかの児童も相当、その六年生たちにはいじめられているようでした。淳は言葉を上手に話すことができないという事情もあり、詳しいことはわかりませんでした。

いつの頃かはっきりとは覚えていませんが、ある正月に私は暇つぶしの目的でディズニーのジグソーパズルを買ってきました。淳はそれに非常に興味を示し、それをつくったあとも、ジグソーパズルを欲しがりだしました。

私たちは、最初はピースの少ないものから買い与えましたが、すぐに作ってしまうので、三〇〇ピース、五〇〇ピースと増え、最終的には、一〇〇〇ピースのものまでつくるようになりました。それは同年齢の子供と比べても、その点に関してはまさっているようでした。淳のつくり方は、私たちとは異なっていました。

私たちがつくる場合は、普通、一つのピースがどの部分なのか絵と見比べてつくります。

しかし、淳は最初に絵を見たあとは、いっさい絵を見ようとはしませんでした。

私は、最初は、

「絵を見ながらつくりなさい」

といったものでしたが、淳は聞きません。

そのうち、淳はただ単にピースとピースをあわせているのではなく、自分の頭の中に入っている絵に照らしあわせてピースの位置を探し、その上でピースとピースをあわせているということがわかりました。

これはあとになって知った言葉ですが、いわゆる〝直感像素質〟というものだったと思います。

淳が小学校四年生のときに、知的発育障害の原因として治療可能な疾患がないかどうかだけはもう一度きちんと調べておいた方がよいのではないかと思い、神戸大学医学部小児科の高田先生に診察していただき、血液検査、ＭＲＩや知能検査などの検査をしました。原因はやはりわかりませんでしたが、治療可能な器質的疾患は見つかりませんでした。少なくともそのような病気を見落としていたのではなかった点については、私も妻も結果を聞いてホッとしたものでした。

淳も小学六年生になるときには、少しずつですが、成長のあとが見えるようになってきていました。

「焼き物(陶芸)なんか淳にはどうかな」

妻は、淳の将来について、そんなことを考えていたようでした。

親がいなくなったあと、どうやったら淳は自立してやっていけるのだろうか。

私も妻も漠然とそんなことを考え始めていました。

淳の将来について、親としてどうしてやれば一番よいのかを考えなければいけない時期になっていました。

そういうときにあの忌《い》まわしい事件が起きたのでした。

永遠の別れ

一九九七年五月二十四日、土曜日、午後一時四十分。

私たち夫婦は居間のソファーに腰を掛け、テレビを見ていました。

仕事帰りの私は、午後一時過ぎに家に帰りついたばかりでした。

子供たちはすでに大好きなカレーライスで昼食を済ませており、私は妻と二人分の竹の子弁当を近所のお弁当屋さんで買って帰り、この時、食べ終わっていました。

淳《じゅん》はＮＨＫの〝毛利元就《もとなり》〟の再放送を見ていたようです。淳は、二年前の大河ドラマ〝吉宗〟を見て以来、時代劇が大好きになり、いつも土曜日は大河ドラマの再放送を楽しみにして見ていました。

中学二年生の敬《たかし》は、テーブルの椅子《いす》に座って、本を読んでいました。わが家にとっていつもと変わらぬ土曜日の午後でした。

「おじいちゃんのとこ、いってくるわ」

ソファーのうしろの六畳間から淳の声が聞こえました。いつの間にか居間のうしろの部屋でジグソーパズルを始めていたようです。

「寒いから、ジャンパー着ていきなさい」

この日は比較的肌寒い日で、妻はいつも淳が着ているウィンドブレーカーを着ていくよう、声をかけました。

まもなくバタンとドアの閉まる音がして、淳は家を出ていきました。

私たち家族は、この時、誰も淳の姿を見てはいませんでした。

これが、私たち家族と淳との永遠の別れになってしまいました。

私は午後三時から始まる研究会に参加するため、バスに乗って出かけていきました。

この研究会は、〝関西アンギオカンファレンス〟という会で、血管造影による画像診断をはじめとして、ＣＴスキャン、ＭＲＩなどを含めた総合画像診断の研究会で、関西全域から放射線科医が集まってくるものです。

この日は、大阪の新大阪駅近くの製薬会社の本社ビルの講義室で開かれました。

研究会が終了したのは、夕方五時半頃になっていたでしょうか。

研究グループの後輩でもあり、飲み友達でもある神戸大学医学部附属病院の松本先生と神戸三宮までもどり、六時半頃、いきつけの店〝賀茂鶴《かもつる》〟に食事に入りました。

その食事が終わりかけた八時前頃でした。突然、私の携帯電話が鳴り響いたのです。電話は、妻からでした。

「淳がまだ家に帰ってこないの」

切羽詰まった声が電話の向こうから聞こえました。心配そうに妻が続けました。

「五時半になっても帰ってこなかったから、お父さんの家に電話したんだけれど、今日は来てないって。六時まで待ってたけど帰ってこなかったから、近所の人たちにも手伝ってもらって捜してるんだけど、まだ見つからないの」

不安な様子で一気に妻は話しました。

淳が八時になっても帰ってこない——ことの重大性はすぐに呑《の》み込めました。

「タクシーで今からすぐ帰る」

私は、一緒にいた松本先生に事情を話してすぐ店を飛び出しました。

いつの間にか降りだした雨の中を中山手通りまで走り、タクシーを拾って友が丘の家に向かいました。

淳は知的発育障害はありますが、記憶力や方向感覚は優れており、一度、いったことのあるところなら、普通に歩ける状態でさえあれば、絶対に家に帰ってくることができます。また、絶対に明るい時間帯のうちに帰ってくる子でした。

特に、土曜日の午後五時からは、淳が欠かさず見ているテレビ番組〝日本昔ばなし〟があります。淳がこれを見るのを忘れて家を出たままになるはずがありません。

私の頭の中に「事故」という言葉が浮かびました。

「住宅街の中で急に飛び出した車にはねられ、運転手がそのまま淳を連れ去ったのではないだろうか」

どこか危険なところに転落したとか、はまりこんでしまうなどということも考えられますが、淳はかなり慎重な性格です。その確率は非常に低いものと思われました。

私は医者とはいえ、一公務員であり、特に高収入でもありませんし、また家も裕福といえるほどの経済状態ではありませんので、通常の〝誘拐〟については、まず除外できると思いました。

午後八時半過ぎに家につきました。

近所の方々も一緒に捜してくれていましたが、いまだに淳は見つかっていませんでした。

妻は、

「斉藤さんのところに電話したけど〝今日は来てない〟っていうし、それからAさんの家にも電話したけど、〝最近は来ていない〟っていうことなの。同じマンションの人たちにも手伝ってもらって捜したんだけど、まだ見つからないの」

と、心配そうに話しました。斉藤さんの息子さんたちは、敬と淳の同級生でした。しかも、同じマンションの住人で、母親同士もよく行き来している仲でした。

Aさんの家も、息子ふたりが同級生でした。庭で亀《かめ》を飼っていて、淳がたまにその亀を見せてもらいにいっているとのことでした。私は、

「もう一度念のために家の中にいないかだけを確かめて、それから警察に連絡しよう」

といいました。

妻も私と同じように事故の可能性が大きいと考えていましたので、私の意見に賛成しました。

知らないうちに帰ってきて、押入れの中にでも入りこんで淳が寝込んでしまっている可能性もないとは言えません。万が一のために、家のすみずみを妻と二人でもう一度、見てまわりました。

当然、いるはずもありません。

そして須磨《すま》警察に電話をかけたのは午後八時五十分頃のことでした。

淳がまだ帰宅しておらず、近所の方々にも手伝ってもらって捜したがみつからず、

また、通常の状態であれば絶対に明るい時間帯に家に帰ってくる子供である、ということを伝えました。

この三月に起こった竜《りゅう》が台《だい》の女児殺傷事件もまだ解決していなかったこともあったのか、警察の方もすぐに対応してくれました。

まもなく、須磨警察の方が家にやってきました。

いなくなった時の状況や服装などについて話を聞いたのち、かなりの人数で周辺一帯を捜索してくれました。

私は家にいても落ちつかないので、懐中電灯を持って徒歩で五、六分のところにある北須磨公園の周囲を捜しまわりました。

北須磨公園は、公園の入り口にパンダの像があるため、子供たちの間で〝パンダ公園〟と呼ばれているところです。

この公園やすぐ近くにある児童館は、淳が遊び慣れた場所です。

もちろん、このあたりはすでに捜し尽くしたあとで、淳が見つかるはずがありません。

私は、その後、神戸の大震災の時に買ってしばらく通勤に使っていたスクーターを駐輪場から引っ張りだしてきました。

そして、友が丘地域、多井畑東町《たいのはた》、菅の台《すがだい》、竜が台や白川台にかけて、懐中電灯を片手に走りまわりました。

植え込みの間や溝の陰を懐中電灯で照らし出し、ひたすら淳の姿を捜し求めました。

途中、バイクに乗って捜してくれているPTAの父兄の方と何度もすれ違いました。

夜遅くなっているのに、

「もうちょっと頑張って捜しましょう」

と、その方はいってくれました。

心配で落ち込んでいた私は、この言葉にどのくらい励まされたか知れません。

もう時間は夜十一時を過ぎていたでしょうか。

一度、家に帰った私は、今度は車に乗り換え、妻と二人で友が丘の中の公園を中心にもう一度、捜しまわりました。

家に帰ると、警察の人が、

「周囲や名谷《みょうだに》からの道も捜したが見つかりませんでした。今日はもう遅いので、明日、人数を増やして捜索します」

といって、引き上げていきました。

でも、家族はただ淳のことが心配で、眠れるような状況ではありません。

その時、夕方からずっと捜しまわってくれていた七十一歳になる私の父が、

「スイミングスクールにいっている時、いつもスクールの窓から見える工事現場のクレーンを淳がよく見ていた。もしかしたら、そこにいっとんのやろか」

といいました。

淳は、毎週月曜日と木曜日に名谷にあるスイミングスクールに通っていました。おじいちゃんはその送り迎えをやってくれていたのです。

「もう遅いけど、最後にそこを捜してみよう。じいちゃん、一緒に行こう」

と、私は父と車に乗りました。

父が話した場所は、名谷駅の東側の公団マンションの建築現場でした。

そこは、周囲に塀が張りめぐらされており、誰かが入れるようなところはありません。私たちは、周囲の通路や溝を見てまわりましたが、淳は見つかりません。

「もしかしてバスに乗ったんかもしれへん。ついでやから、妙法寺から須磨の方へもいってみよう」

私は父にいいました。

地下鉄妙法寺駅、須磨駅周辺、さらに山陽電鉄の須磨浦公園駅まで足を延ばしました。

不安はどんどん胸の中で広がり、押しつぶされそうな圧迫感を感じていました。帰りに奥須磨公園周囲にも立ち寄りましたが、やはり見つかりません。私たちは疲れ果て、自宅マンション近くまで帰ってきました。

私は、父に、

「本当に今日最後やから、〝タンク山〟にいってみよう」

といいました。

サラリーマン生活を長く続けた父が一戸建てを買って、この友が丘に移り住んできたのは一九六八年のこと。まだ中学生になったばかりの私は、その頃、何度かタンク山に登ったことがありました。

名前の由来となったあの水道タンクは当時からあり、この名称ですでに地元の住民に親しまれていたものです。

私と父は車を降りて、コンクリートの四角いブロックでできた〝チョコレート階段〟と呼ばれているタンク山の登り口を上がり始めました。

懐中電灯を手にした私と父は急なチョコレート階段を上がりきり、水道タンクへの道路に出ました。

時間はもう午前二時を過ぎていて、街の灯はほとんど見えません。静まりかえったタンク山で、父と私の二人の息づかいだけが聞こえました。

「やっぱりおれへんなあ」

父と私は、深いため息をつきました。

道の終点であるタンクのところまでいって、私たちは帰ることにしました。

あとで知ったことでしたが、実は淳はその時、〝すぐ近く〟にいたのでした。

五月二十五日、日曜日。

この日の早朝、警察は初めて警察犬による追跡を開始してくれました。

前日はあいにく、夕方から雨が降ってしまい、そのへんの道路や草むらなどに淳の臭《にお》いが残っているとは思われませんでしたが、それでも少し心強い感じがしました。

その追跡隊は、私の家と、淳がいくといっていた祖父の家からと、両方から追跡しましたが、やはり手掛かりらしいものは何も発見できませんでした。

一方、私が住んでいる同じマンションに住む人達は、ここから多井畑までいくのに使われている何本かの道を別々に捜索するといって、何班かに分かれてそれぞれの方向に向かいました。

私もその一班に加わり、福祉センター近くの細い道を淳の姿を捜しながら歩きはじめました。みなさんと森の中までかき分けながら必死に、周辺に目を光らせたのです。その途中にある、多井畑幼稚園にも立ちよって、そこにいた職員や近所の人達に、淳の姿を見ませんでしたかと聞いてみましたが、なんの手がかりもありませんでした。各班の最終的な集合場所と決めていた多井畑厄神にいく前に、多井畑自治会の副会長宅を訪ね、

「北須磨自治会を通して連絡があるかも知れませんが、淳の捜索にご協力ください」

と、お願いもしました。

しかし、結局は多井畑厄神に着いても、その間、誰も、何の手掛かりも見つけることができませんでした。他の道を辿《たど》って捜し回った別の班でも結果は同じことでした。

ここからの帰りも数班に分かれて、今度は奥須磨公園内をくまなく捜しながら、自宅マンションへと帰りました。

家に戻って来たときには、もうお昼時間をとっくに過ぎていましたので、みなさんには取り敢《あ》えず休憩してもらい、それからまた捜索に協力してもらうということで、いったん解散しました。

そのころにはすでに、学校、ＰＴＡ、町や団地の各自治会も総動員で淳の捜索を始

めてくれておりました。

そして、大勢の人達が真剣になって、北須磨団地と呼ばれるこのあたり一帯を徹底的に捜しまわってくれました。

それから、さらに捜索範囲をどんどん広げて、少なくとも淳がいきそうな地区はすべて捜してくれたのです。

もちろん、警察は警察で、多数の機動隊員まで動員して、大々的な捜索に当たってくれていました。

しかし、淳の姿は未《いま》だに見つかりません。

その日の午後。再び集合してくれた同じマンションの人達は、焼き増しして用意した淳の写真を各自で持ち、最寄《もよ》りの名谷駅周辺やその他の地下鉄駅などで、手分けして捜してくれることになりました。

その人達を見送ったあと、私たち夫婦も車に飛び乗り、近所中をグルグル走らせながら捜しましたが、やはり、淳は見つかりませんでした。

車での捜索を諦《あきら》め、今度は小回りの利《き》くスクーターに乗り換えて、私は一人で走り回ることにしました。

ガソリンスタンドがあればそこに立ち寄り、本屋があれば本屋に飛び込んで、そこで働いている人達に片端から聞いて回りました。誰も淳の姿を見たという人がいませんでした。

私と別れ、家に残った妻は同じマンションの主婦の人達と一緒に小学校にいきました。

淳の捜索を一般の通行人などに呼びかけるために、コピー機などを使ってポスターを作ることにしたのです。

出来上がったポスターは、さっそく近所のコープ前、バス停、各自治会用の掲示板などに張り出しました。

夕方六時頃でした。いったん家に帰ったばかりの私に、多井畑小学校の橋本厚子校長から直接電話が入りました。

「いろいろ淳君のことで相談したいので、すぐに学校まで来てほしい」

ということでした。ところが、この電話でそんな話を済ませたあとでした。橋本校長が私に妙な質問をしてきました。

「失礼ですが、お父さんはどちらの出身ですか?」

「えっ」

と、私は一瞬、とまどいました。が、すぐにハッと思い当たりました。

「もしかしたら校長先生は、私が舞子小学校に通っていた小学四年生の時に担任をしていただいた、あの橋本先生ですか？」

本当に偶然でした。同じ神戸市内とはいえ、父親の私と息子の淳が、同じ先生に、それとは知らずにお世話になっていたのです。

そのことを、こんな騒動のまっ最中に知らされようとは夢にも思いませんでした。

大急ぎで小学校にいくと、そこには橋本校長、高橋教頭の他に神戸市教育委員会の指導一課および二課の係員という人たちが、私と妻を待っていました。

さらに淳の捜索に協力してくれている各自治会の関係者も、そこにいました。

現在の捜索状況を手短に話し合ったあとで、市の教育委員会の人が、

「以前にも、なかよし学級の子供が行方不明になったことがありましたが、その時は、みんなが想像した以上に遠くの場所で保護されました。バスや電車を乗り継いで遠くまでいき、迷子になってしまったのです。今回の淳君の場合もその可能性が高いのじゃないかと思いますが……」

と、真剣にアドバイスしてくれました。

しかし、私の知っているかぎり、淳は絶対にそういうことはしません。

同じように、なかよし学級で学んでいる子供たちでも、みんな個性が違います。

性格や日頃の行動ひとつをとっても非常に大きな違いがあって、何も知らない人たちが驚くほどでした。

私は、淳の人一倍慎重な性格や、これまでの行動パターンから考えて、勝手にバスや電車に乗って遠くにいき、道に迷って保護されるようなことは、決してしないだろうと確信していました。

また、たとえ間違って遠くまでいってしまっても、淳が普通の健康状態にあって、しかも、それが歩いて帰れる範囲内の距離であれば、淳は必ず自力で帰ってくる子供でした。

とにかく方向感覚が素晴らしい子でした。

しかし、内心ではそう思っていても、私は教育委員会の人の言葉にすがりつくことにしました。

電車やバスに間違えて乗ってしまい、遠くでウロウロしてくれているほうが、まだ、希望が持てると思ったからでした。

小学校で、これからの具体的な捜索方針などを話し合ったあと、私たちは取り敢えず帰宅しました。

山口県に住んでいる妻の実家にも、そろそろ知らせておいたほうがいいだろうと思い、妻に電話を掛けさせました。

「明日には、こちらに駆けつける」

と、いってくれたそうです。

私は私で、明日からの職場の心配をしなければならなくなりました。

このままの状態では、とても医者としての仕事などできません。だいいち、私には一刻も早く淳を捜さなくてはならない大事な使命がありました。

勤務先の病院の放射線科技師長の所谷さんに電話をかけました。

そして、淳が二十四日の土曜日から現在まで行方不明になっていることも含めて、今度の出来事を簡単に説明しました。

その上で、明日からの勤務は休むかもしれないこと、そのために病院での検査の変更など、仕事上の処理をすべてお願いしました。

所谷さんはすぐにこちらの状況を理解してくれ、

「病院のほうはちゃんとやっておきますから心配せんといてください。それよりも一刻も早く、息子さんが見つかるよう祈っていますよ」

といって、励ましてくれました。

私たち夫婦は、淳のことが心配で心配で仕方ありませんでしたが、こんな時だからこそかえって、休息と食事はきちんと取っておかなければならないと考え、急いで軽い食事をし、汗を流すために風呂《ふろ》にも入りました。

もちろん、食べ物はただ喉《のど》を通過するだけで、味などはまったく分かりませんでした。

その日の午後九時頃になって、小学校の橋本校長から緊急の電話がありました。それは、

「友が丘の河津さんという方から、さっき、ちょっとした情報がありました。今日の昼の十二時頃に離宮公園のレストハウス付近で、淳君に似た子供を見たというのです。少し太った、紫色のズボンをはいた男の子が、ベンチに横たわった格好でいたそうですよ。そして、たくさんの女の人たちがその子を取り囲んで見ていたようですが、男の子のほうは少し弱っていた感じで、それでも横になったままニコニコしていたといいます」

というものでした。淳がいなくなって初めて、私たちにもたらされた朗報でした。

この男の子はたしかに淳かも知れないと、そのときは思いました。

「この情報は、こちらからすでに警察にも話して連絡しておきました。そしたら警察は、すぐに警察犬を導入して離宮公園を捜索したいといってくれました。そのために

息子さんの臭いが付いた衣類などが必要で、それを至急に持ってきてほしいといっています」

私はこの知らせをすぐに、近くに住む父に伝えました。すこし声が弾んでいたかもしれません。

そして、私は急いで父を迎えにいき、一緒に、離宮公園に車を飛ばしました。

離宮公園では、門の鍵《かぎ》を持った警備の人がなかなか現れませんでした。

私たちと、すでにそこに待機していた警察の人達は、ジリジリしながら門の鉄柵《てつさく》を睨《にら》みつけていました。

そうやって公園の警備員を待っている間、私は何となく淳が見つかるような希望を持っていました。

いや、今度こそ見つかってほしいという気持ちで胸がいっぱいでした。

私は、警察犬を連れている警官達に、

「淳は犬を怖がるので、すみませんが気をつけて近づいてください。お願いします」

と、そんなことまで話したりしていました。

「大丈夫です。犬はちゃんと抑えておきますから安心してください。それよりも息子さんが早く見つかるといいですね」

警察の人は、そういって私たちを励ましてくれました。

そのうちに、警備会社から係の人がやってきました。ところが、門はいつまでたっても開きません。その人はあわてて飛んできたので、肝心の合鍵を忘れてしまったのです。

私たちはついに、門の鉄柵を乗り越えて公園の中に入り、すぐに捜索を開始しました。警察隊は班ごとに分かれて、手際《てぎわ》よく多方面から捜しはじめました。

私と父は、何はともあれ今日の昼間に淳に似た男の子が目撃されたというレストハウスに向かって、全力で走りました。しかし、そこには淳の姿は影も形もありませんでした。

次に、広々とした駐車場の中を隅々まで捜し回りました。

ついには捜すところもなくなって、無駄とは知りつつも公園のトイレの中まで、ひとつひとつ覗《のぞ》いて見ました。

淳の行方を示すような手掛かりは、まったく見つかりませんでした。

半分気落ちしながら、公園中央の噴水のある場所まで戻ってくると、

「淳くーん、淳くーん」

と、大きな声で叫ぶ妻の声が、私の耳にも届いてきました。

家に待機して私たちからの連絡を待っていることになっていた妻は、今度こそ淳が見つかるかもしれないと思い、その可能性を信じて、公園まで駆けつけてしまったのです。

「淳は寒さに震えていないか」

「体が弱っていないか」

心配して、妻は何枚かの着替えと温かい飲み物まで持参していました。同じマンションに住む斉藤さんが、そんな妻を見かねて車に乗せ、ここまで連れてきてくれたのでした。

それからも公園中を捜しました。さらに、公園に隣接している植物園にも捜索の手を広げて捜しましたが、とうとう淳を見つけることはできませんでした。

「情報では、その男の子は白いシャツを着ていたというから、ジャンパー姿の淳ではないのかも知れない。いや、前夜は雨が降っていたし、淳は濡《ぬ》れたジャンパーを脱いでしまった可能性もある。それだと、白い下着姿でもおかしくない」

どんな小さな可能性にも、この時の私たちは希望を託すしかなかったのでした。

二時間近くも公園内を捜した末に、とうとう午後十一時三十分になりました。

その夜の捜索は、ここで打ち切りとなりました。

私たちは、公園の管理者の許可を得て、明日は朝早くから入園、改めて徹底的に捜索することを決めて家路に就きました。

しかし、帰宅する途中にふと思いついて、最後に淳が私の父とよく登っていた通称〝おらが山〟への道を捜してみようということになりました。

私と妻、私の父の三人が乗った車は向きを変えてひとまず高倉台に着き、そこから付近の道に沿って淳を捜しました。

深夜ということもあり、さすがに冷たい風が吹いていましたが、気になったのは淳の身体《からだ》のことばかりでした。

「淳はどこで、どうしているのだろう。こんな風に当たって寒がっていないだろうか」

そう心に思いながら捜しましたが、やはり見つかりませんでした。

その夜はかなり遅く家に帰り着きましたが、結局は、一晩中眠れぬ夜を過ごしました。

五月二十六日、月曜日。

この日は午前五時五十分頃に、離宮公園に到着しました。

私と妻は、私の父とともに公園の駐車場付近に車を乗り捨て、さっそく公園内を歩きながら淳の姿を捜し始めました。

淳のもぐり込みそうな場所、寒さを防げそうな所を中心に、林のなかを丹念に捜しつづけました。

その朝ももう一度、植物園のほうまでいき、必死に捜してみましたが、依然として淳の消息につながる手掛かりは、何ひとつ見つかりませんでした。

この捜索中に、和歌山に住んでいる私の姉に連絡しなければならない用件があることを思い出しました。

姉が必要としていた診断書の件でした。携帯電話ですぐにその用事は済みました。

私はその話の最後に、

「実は、淳が二十四日から行方不明になっていて、いまも離宮公園まで来て、妻や父と捜しているところなんやけど……」

そう報告しているうちに、急に悲しくなって涙があふれ、それ以上言葉が続かなくなったので電話を切ってしまいました。

しばらくすると携帯電話の呼び出し音が鳴りました。姉から事情を聴いた義理の兄が、驚いて電話をしてきたのでした。

現在のこちらの状況の確認をしたあと、

「とにかく、すぐにそちらに向かうから」

といって、電話が切れました。

この日も、昨夜と同様に捜索に失敗して、私たちは落胆しながら家に帰りました。家には弟のことを心配し続ける兄の敬が、学校にも行かずに私たちを待っていてくれました。

「淳のことは親にまかせて、お前は早く学校にいきなさい」

そういって、まず、敬を家から学校に送り出さなければなりませんでした。

この日は午前中に多井畑小学校にいき、橋本校長やPTAの役員のみなさん、警察の方々と一緒に、これからの捜索方法について話し合いをしました。

県会議員の浜崎さん夫婦も心配して駆けつけてきてくださり、忙しいなかを捜索に参加してくれました。

私たちは学校内の多目的ホールに向かい、そこに集まってくれていた大勢のPTAのみなさんに、

「淳の捜索にご協力くださいまして有り難うございます。どうぞ、淳が見つかるまで、

よろしくお願いいたします」

と、挨拶《あいさつ》しました。

日頃から親しくしている妻の友人たちが、私の傍らで涙を流しつづける妻を囲んで、

「私たちも一生懸命に捜すから、あなたもしっかりしてね」

などと口々にやさしく慰めながら、励ましてくれました。

この時の話し合いで、警察は機動隊を全面的に投入して、広範囲にわたって捜索を行うことを約束してくれました。

そして、ＰＴＡや自治会の人達は、主に近隣地区を中心に、聞き込みなどの捜索を行うということになりました。

私たち夫婦は、警察やＰＴＡが捜索する範囲の外で、淳がもしかして立ち寄るかも知れないと思われる場所を考え、そこを捜しにいくという役割になりました。

淳の行方が分からなくなって、すでに三日目ということもあって、当然、公開捜査に踏み切ることも、警察側から打診されました。

そのとき橋本校長は、

「公開捜査ということになりますと、かなりのプライバシーも公表されたりしますが、それでもご両親はいいですか？」

と心配してくれましたが、私たちは淳が知的発育障害児であることを世間に公表される心配をするよりも、まずは、淳の安否が最も重要な問題だと思っていましたので、むしろ公開捜査には進んで同意しました。

こんな話し合いが終わったあと、私たちはいったん帰宅しました。しかし家に帰ってきても、二人とも淳のことを考えて少しも落ちつくことができません。

そこで、もし淳が地下鉄に乗った場合はどこにいくだろうかと推理し、話し合ったのですが、ここで考えていても仕方がないので早速、そこにいってみることにしました。

ただ、私たちが留守中に警察や小学校から電話連絡がある可能性も大きいので、簡単に家を出て捜索を始めるわけにはいきません。すると、その心配を妻から相談された斉藤さんとAさんが、

「自分たちで電話番したげるわ」

といってくれました。

私たちはもちろん、その時は何の事情も知らなかったので、喜んで二人に電話番をお願いしました。

しかし、近所に住む私の母にそのことを話すと、

「他人だけで留守番してもうたらあかん。電話が来ても通じん身内同士だけの話もあるしな、私がいったる」

といって、すぐに私たちの家に来てくれました。むしろ私たちは困惑しました。

「母が加わると、かえって頼りないような気もするけど、まあ、いいか」

とにかく斉藤さんとAさん、私の母の三人に留守を任せて出かけることにしました。

淳は小さいときから港や、そこに停泊している船を見るのが好きだったので、私たちはまず、中央区のハーバーランドにいくことにしました。

そこに車で向かう途中、警察から携帯電話に連絡が入りました。

「公開捜査に必要な淳君の顔写真が必要なので、ネガがあったらそれを貸してほしい」

という要請でした。ネガや写真は、こういうこともあるかと準備し、鞄《かばん》に入れていたので、そのまま須磨署に寄って係の刑事さんにネガを渡しました。

ハーバーランドには昼の十二時過ぎに着きました。

ここでは、阪急デパートやダイエー、それらの建物をつなぐ渡り廊下みたいな場所を捜しました。

海辺まで歩きながら、淳の姿を求めて岸壁の内外も丹念に捜しました。

やはり見つかりませんでした。

私たちは諦《あきら》めきれずに、市営地下鉄の大倉山までの道を、わざと地下街を通って逆に辿《たど》っていきました。

湊川《みなとがわ》神社の出口から地上に出ましたが、外ではいつの間にか、大粒の雨が降っていました。

私たち夫婦の気持ちを代弁しているような、気の滅入《めい》るような雨の降り方でした。

大倉山駅まではもう少しの距離でしたが、

「たぶん、この道にはいないだろう」

と判断して、元の場所に引き返すことにしました。

その時、神戸大学の廣田省三助教授が偶然にも来あわせ、私たちを見つけると、

「おう、どないしたんや?」

と、向こうから声を掛けてくれました。

私は、

「実は二十四日の土曜日から、私たちの下の子供が行方不明になっていて、いまも捜し回っているところなのです。もしかしてハーバーランド近辺に来ていないかと思って、妻と二人で捜しにきたんです」

と理由を話しました。すると廣田助教授は、

「それは大変なことやなあ。おれはこれから講義があるから手伝われへんけど、諦めないで頑張れよ」

と、力強く励ましてくれました。

「公開捜査になりますので、今日の夕方には新聞やテレビに出ると思いますが、それまでは先生、誰にも言わんといてください」

と、別れ際に頼みましたら、

「分かった。黙っとくわ」

と返事して、先生は大学のほうへと向かいました。

私たちは結局、ハーバーランドの駐車場に引き返すことにしました。歩いていく途中、小学校に電話を入れてみました。

淳はまだ見つかっていないという答えが返ってきました。

気を取り直して、私は妻を食事に誘いました。

「このまま何も食べないでいると、こっちの体がもたなくなるから、無理してでも何か口に入れることにしよう」

バンドールの六階で、軽い昼食を取りました。

その後、私たちは駐車料金の中間精算を済ませて車に乗り込み、駐車場の出口まで来たのですが、さっき受け取ったばかりの駐車券が見つかりません。

中間精算機で料金を払ったのはいいが、駐車券を取り忘れてしまったのです。幸い、係の人が気がついて持ってきてくれましたが、淳のことばかり心配する日々が続いて、他のことには神経が回らなくなり、私の注意力もすっかり散漫になっているようでした。

私たちはハーバーランドから家に直行しました。家には姉夫婦がすでに到着していて、義理の兄のほうは、すでに自治会の人達と一緒の捜索に加わってくれていました。

そういう姉も家に入ってすぐに、電話番を引き受けてくれていたのでした。

その姉が、留守中のそういった出来事を私たちに話しおわった後、

「いったい、あのAさんいう人は何んやのん？　みんなが心配して淳を捜しにいっているというのに、その家の留守番をしながら、たまごっちをふたつも持ち込んでたんよ」

「それを一生懸命に面倒みて、その上、口を利《き》けば自分のとこの子供の自慢話ばっかりして。何んていう人や。あんまり腹が立ったから、姉の私がきましたから、もう結構ですというて、すぐに帰ってもらったわ」

と姉は怒っていました。

しかし、そんなことよりも、当時の私には淳の行方を案じるほうが先でした。

それと同時に、この捜索はなぜかもっと長引くような予感もし始めていました。

そんな気持ちもあってか、私はここらで仕事上の整理も、いったんしておかなくてはと思い病院に電話をかけました。

気になる患者さんがいたからです。その人は私が前の病院に勤務していた時から、治療を担当してきた患者さんでした。

しかも、つい最近になって全身の病状が悪化、今の病院に入院してきたばかりだったのでした。

しかし、家のほうがこんな状態では、とても主治医などは務まりそうもありません。

まず内科の前田先生に電話に出てもらって、

「しばらく病院を休むことになりそうですので、すみませんが、主治医を交代してほしいのですが……」

と、お願いし、快く了解してもらいました。

放射線科の所谷技師長や看護婦の光岡主任にも、留守中のことをくれぐれも頼んだ後、福田院長には、これまでの経過をできるだけ正確に報告しました。

そういう仕事上の連絡も終えて、家で少しだけ休憩したあと、私たちは再び外に出て淳の捜索に向かいました。

午後の三時半頃でした。まずは垂水《たるみ》区の〝みどり電化〟から北に向かい、本屋に立ち寄って事情を話し、次には〝寿司《すし》のにしかわ〟の周囲をグルリと回って捜したりしました。

しかし、やはり見つかりませんでした。

私たちは諦めるわけにはいきません。もう一度、日が差しているうちに奥須磨公園にいくことにしました。

この公園は、警察もＰＴＡのみなさんも、これまでに何度も何度も足を運んで捜してくれた場所でした。

それは百も承知でした。でも私も妻も、このまま家には帰る気になれませんでした。

二人で黙々と、池の周りを中心に捜しながら歩きつづけました。

やはり何も見つかりませんでした。

私たちは公園からの帰りに、小学校に寄り、校長室で警察や教育委員会の人達と会いました。

警察は明日も七十五人態勢で捜索に当たる、タンク山の山狩りも徹底的にやるといって、慰めてくれました。

その日の夕刊に、淳が行方不明になっていることが掲載されました。神戸新聞と毎日新聞を読みましたが、淳のことに関する記述には誤りも多く、読んでいてあまり気分のいいものではありませんでした。

午後七時まえの読売テレビのニュースでも淳の行方不明事件が報じられました。

「行方不明になって三日経過しています。その安否が気づかわれています」

などと放送されました。小学校の校長室で見ましたが、私たちはそれに目をやりながら、淡い希望とともに、

「淳があまりにも可愛《かわい》いから、誰かに連れていかれて、どこかで大切にされているに違いない。元気でいるに違いない」

と周囲の人たちにいいました。実際、

「心からそう思いたいです」

と、みなさんにいって、学校を後にしました。

家に着くと、妻の両親も心配して駆けつけておりました。とくに妻の母親は私たちを見るなり、

「淳ちゃんはどこにいったんやろ」

そういったまま、泣き崩れてしまいました。

夕食も無理やり食べました。何を食べたかなどは、食べた瞬間から忘れてしまうような味気ない感じでした。

サッサと立ち上がって階下の駐車場にいき、車に乗ると、私と妻はまた淳の捜索です。今回は友が丘を中心に、白川台や菅の台などを回りました。

また、思いつくままに、妻にパッチワークを教えてくれている先生が住んでいる家の近辺も捜索しました。

やはり何の手掛かりもつかめませんでした。

家に妻を連れ帰ると、少し休むようにいって、今度は私一人で、捜索を始めました。その時はスクーターに乗り換えていました。友が丘を中心に須磨ニュータウンの中を、ゆっくりと走り回りました。

何度繰り返し走り、どう捜し回っても、やはり淳の行方につながるような手掛かりは、何も見つけることはできませんでした。

仕方なく、この夜も遅くなってから家に帰り、また明日の捜索に希望をつないで、眠ることにしました。

この日から、妻の両親は私たちと一緒に、そして姉夫婦は私のほうの両親の家に泊まることになりました。

その夜、床に入ってからふと、思いついたことがあり、妻に話しかけました。それはやっぱり淳の行方に関することで、

「北須磨団地から出るバスは、その行き先が何種類かあって、よく考えてみると、実は柏台《かしわだい》行きもあることに気がつかなかった。明日は、だから、そっちにいってみよう」

と思いついたのでした。

睡眠を取らずに、すぐに飛び出したい心境になりましたが、そうもいきません。明日の捜索に備えて、眠れない眠りでも無理に取ろうと瞼《まぶた》を閉じました。

変わり果てた姿

五月二十七日火曜日の朝がきました。

前夜は、あまり眠ることができませんでしたが、私たちは淳《じゅん》の行方を捜すため、昨日と同じように朝早く起きました。

妻の父は、自治会の捜索に参加するため、朝食もとらずに出ていきました。

私の両親も家に神戸新聞を持ってやってきました。

この日の朝刊では、読売新聞にも神戸新聞にも、淳が行方不明になっていること、淳の知的発育障害のことや、それ以外にも私の職業や勤務先のことが出ていました。

いずれの記事にも、淳の知的障害が、「名前が言える程度」とされていたり、「須磨《すま》離宮公園のベンチに座っていた」などという事実とはかなりかけ離れた記述がなされていました。

私たちは憤慨しましたが、今はそれどころではありません。

淳が見つかって欲しい、私たちの思いはそれだけでした。
朝刊を見て、大学の同期生の橋本から家に電話がありました。「まだ見つかってい
ない」ということを伝えて電話を切りました。
私たち夫婦は昨夜話し合ったように、今日は取り敢《あ》えず柏台《かしわだい》の方へ捜しにいくこと
にして出かける準備をしていました。
その時でした。
午前八時前、小学校の橋本厚子校長から電話が入ったのです。
「友が丘中学校のところで警察がテープで仕切りをしているという話を聞きました。
何かあるかもしれないから、すぐにいってみたらどうですか」
私は、その声を聞いて、友だちと中学校にまさに登校しようとしていた敬《たかし》を駐車場
まで走り下りて呼び止めました。
「今日は学校に行かんでええから、家にいなさい」
敬は怪訝《けげん》な顔で、
「いや、いくよ」
と一度はいったものの、私の表情を見て、家に戻りました。
妻と私は、取るものも取り敢えず車に飛び乗りました。

マンションを出て、左に走り、パンダ公園の先を左に曲がり、友が丘中学の裏手に出ました。正門まではあと少しです。

しかし、友が丘中学のまわりは交通規制されていました。警察によって、テープが張りめぐらされ、通行人は、それ以上、学校沿いに歩くことはできませんでした。

車を中学の西側にある神戸大学附属医療技術短大の南の道路に置いて、私たちは警察官に近づいていきました。

「ここから先は立ち入り禁止です」

という警察官に、私は、

「土師《はせ》淳の両親ですが……」

と、いいました。

一瞬、エッという表情を浮かべた警察官は、

「正面入り口の方へいって下さい」

と、硬い表情で答えました。

正面入り口の歩道の方にいくと、今度は別の警察官が、

「立ち入り禁止です」

と、私たちに向かっていいました。

「土師淳の両親です。さきほど警察の方にこちらの方にいってくださいと言われましたのできました」

私の言葉を聞いてその警察官も少し驚いたようでした。

無線で上司と連絡をとり、今度は、

「須磨警察の方にいってください。連絡しておきますので、署の駐車場の方にまわってください」

というのです。

「須磨警察へ行け」

それは絶望的な意味を含んでいました。

「もうダメだ、淳は生きていない」

その時、悲痛な思いが胸に広がりました。

私はやっとの思いで、

「事故ですか」

と口に出しました。警察官は一呼吸おいて、抑えた感じで、

「いえ、事件です」

と短く答えました。

詳しい状況は分りません。しかし、淳が生きていない——そのことだけは確かでした。

妻が、泣き始めました。言葉も出せず、ただ泣いていました。

私は妻を支えて、車に向かいました。

しかし、頭の中は混乱し、完全に平静さを失っていました。

「何がどうなっているんや？　淳はいったいどんな状況なんや」

頭の中は真っ白になっていました。

車にいく途中で捜索に協力してくれていたＰＴＡの方に会いました。その方は、

「頑張ってください。ＰＴＡも一生懸命捜しますから」

といってくれました。早朝からこの日もＰＴＡの方々が淳のことを捜してくれていたのでした。

私は、首を振るのがやっとでした。

私のその表情と、妻が泣いているのを見たその方は状況を理解したようで、急に押し黙ってしまいました。

私は、自分たちだけでは理性を保つことや状況を理解することがむつかしいと思い、姉に一緒に来てもらうことにしました。

須磨署に直接向かわず、まずマンションに私たちは向かいました。

道路は警察の交通規制のために渋滞していて、やっとマンションに辿《たど》り着いて姉を乗せた私たちは、須磨署に向かいました。

三人が乗っている車の中は、誰も口を開きませんでした。重苦しい時間だけが過ぎていきました。

どのくらい時間がかかったのか、まったく分りません。時間の感覚そのものがなくなっていました。

渋滞にまきこまれながら、私たちは須磨署にやっと着きました。

「ここは一般車は立ち入り禁止です」

警察官が私たちを制止しました。私は、

「土師淳の両親です。こちらにくるように言われました」

と答えました。

警察の西側にある駐車場に車を入れた私たちは、西側の通用口から署の中に入り、二階の待合室のような小さな部屋に案内されました。

間もなく五十がらみの刑事さんが入ってきて、静かに私たちの前に座りました。

「淳が見つかったんですか」

私は、刑事さんが口を開く前に、尋ねました。

その人は、黙ってうなずきました。私が、

「どんな状態だったんですか？」

とさらに聞くと、刑事さんは、自分の首を指さしながら、

「首から上が見つかりました」

と、ひとこといいました。

首から上？　一瞬にして少なくとも、淳がまともな状態にないということが頭を駆けめぐりました。

「ひどい！　怖い！」

「こんなところイヤ！」

私より先に妻が叫びました。

それから、ただ、妻は号泣しました。号泣。

私は、言葉を発することもできませんでした。

「自分が妻や敬をしっかり支えていかなければ……」

私はそう思いましたが、なにか非現実的な感覚に陥っていました。それだけ強烈な衝撃を受けていました。

姉は、ただ呆然《ぼうぜん》と座り尽くしていました。やがて、両親と妻の父がやってきました。そのあとで親戚《しんせき》も何人かやって来てくれました。ふと、われに返って敬のことが心配になりました。

姉夫婦に頼んで、家に帰ってもらうことにしました。

それから、どのくらいの時間がたったでしょうか。

警察の方が私を呼びにきました。

「身元確認をお願いします」

私は、

「妻に見せることはできない。妻が見たら、正気でいることは無理だろう。私も医者のはしくれだから、自分が確認にいくしかない」

そう思いました。

警察官に案内されて一階に降り、最初に車を停めた西側の駐車場の方に出ていきました。

なんで建物の外に出るんだろう？　その時はそれを疑問にも思いませんでした。

駐車場のガレージのようなところでした。車が五、六台は収まりそうな囲いがあって、外からは見えないようにシートのようなもので隠されていた場所がありました。

その中に、青いビニールシートに覆《おお》われて、淳がいました。

警察官が、そのビニールシートを淳の顔の顎《あご》から下にかけ、その下の部分を見えないようにしていました。

見えているのは、口から上の淳の顔の部分だけです。

私はなにかそこにあるのが不自然なようなものを見るように、徐々に近づいていきました。

〝それ〟は明らかに淳でした。土気《つちけ》色《いろ》に変わっていましたが、まぎれもなくあのかわいい淳でした。

目の下などに、死後つけられたと思われる傷は見られましたが、あのかわいらしくて、笑顔の素敵な淳の顔は保たれていました。

しかし、そこにある淳は、笑いもしませんでしたし、何も語りかけてはくれませんでした。

たしかに、〝それ〟は淳でしたが、私には〝つくりもの〟の淳のように思えました。

表現しようのない激しい怒りと、強い悲しみが身体《からだ》の芯《しん》からこみ上げてきました。

「誰が何の目的で、純真な淳をこんな酷《ひど》いめにあわせたのか」

変わり果てた淳の額を撫《な》でながら、涙が溢《あふ》れ出て、止めようもありませんでした。

「淳、どないしたんや？　誰にこんなことされたんや？」

私は淳に語りかけました。

淳から返事はありませんでした。

「淳です」

促されて、私は警察官にそう答えました。私は身元確認のあと、調書にサインしました。

どのくらいの時間がたったのか、全然わかりません。

「妻にどう伝えたらいいのか」

そんなことをただ漠然と考えていました。妻たちのいる部屋に帰ってくると、妻が、

「淳はどんなだった？　ひどいことされてなかった？」

と、私に尋ねました。

淳が暴力を受けたり、長いこと苦しんだ末に死んだのではないか――妻の気持ちは痛いほどわかりました。私は、

「少し傷はあるけど、いつものようにかわいい淳だったよ」

と、答えました。

妻は、少し気が済んだようでしたが、涙は止めようがありません。私の膝《ひざ》に顔をう

ずめてひたすら泣き続けていました。

その日は、とりあえず帰宅することになりましたが、自宅までの道路は相変わらず渋滞していました。やっとの思いでマンションに辿り着いた私たちを待っていたのは、傍若無人なマスコミ攻勢でした。

私たちが駐車場からマンションの入り口に向かったとき、そこにはすでに数人の報道関係者が待ち構えていました。

私たちに対して何か言葉をかけてきたようですが、もちろん、こちらはそれどころではありません。無視してエレベーターに乗り込んだのですが、そこにも彼らは入ってきて、

「土師さんですね?」

そういいながら、至近距離からフラッシュをたいて写真撮影までするのです。

妻を抱えて、ただ立ち尽くすだけだった私は、彼らに対してまともに対応できる状態ではありませんでした。

そうした私たちの気持ちを無視して、彼らはエレベーターから玄関先まで歩く私たちに無遠慮な質問とフラッシュの雨を浴びせました。

妻は私の胸に顔を隠しつづけていたので、幸い、顔写真までは撮られなかったようですが、

「なんで、人がこんな状態のときに、こんなことまでするのだろう」

と、私はむしろ悲しくなりました。

これが私たちがマスコミの横暴さに直面した最初の出来事でした。

自宅に帰り着くと、出迎えてくれた姉夫婦に妻を託して、休ませるために和室のほうに連れていってもらいました。

私自身も相当、疲れ果てていたはずですが、それすらも自覚できない状態でした。

私たちのすぐ後から、逆探知装置を電話機に設置するため警察の人達がやって来て、いろいろと説明を始めましたが、私はただ、上の空で聞いていました。

「警察はいま頃、何でこんなことをするんやろ。淳は誘拐されたわけでもないのに」

と、その行動をいぶかしんでいたような気がします。ですから、すべてが別の世界で起こっている出来事のように感じていました。

それから間もなく、三年前まで私が勤務していた市内の海星病院の元同僚、秦《はた》先生から電話がありました。

「今朝の新聞を見て、西平先生をはじめ、みんなが心配しています。でも、みんなが

勝手に電話をしたら迷惑になると思って、それで僕が代表して電話を掛けさせてもろたんですけど……」

というのです。私は相手が友人ということで、一瞬、気が緩んだのでしょう。

「実は、殺されて見つかったんや」

思わず正直に口にしてしまい、同時に、涙声になってしまいました。それを隠すために、

「ごめん、もう切るわ」

といいました。

彼も突然こんな話を聞かされて、衝撃を受けたようでした。

「何も知らなくてすみませんでした。失礼します」

丁寧に断って、すぐに電話を切ってくれました。

ところで、警察は警察でさっそく犯人逮捕に向けて動いていました。

淳の遺体が見つかったその日のうちに、私の自宅に担当の刑事さんが派遣され、早急に必要とされる情報は、あらかじめ聞き出していったようです。

私たちが現在どんな精神状態にあるとか、ショックの度合いがどれほど深いとか、そんなことに関係なく、次々と質問をされたように思います。

この捜査を始めるために、まず第一に重要だったのが〝淳が最後に何を食べたのか?〟ということでした。その消化状態により、淳の死亡推定時刻が得られ、犯人逮捕にとっては重要な情報になるからです。

ほかには、五月二十三日から二十四日にかけての私の行動などを質問されたと思いますが、あまりよく覚えていません。

その日は、マスコミが殺到することが予想されたため、私はなにかコメントを家の前に張り出した方がよいのではないかと思いました。警察の逆探知グループの山元さんと相談した上で、

〈マスコミの方々へ　取材等には一切応じかねます。私どもの心情を察して下さい〉

という貼《は》り紙をしました。

しかし、ひっきりなしに電話やインターホンが鳴りました。それらについては、私の義理の兄や弟が、いちいち対応してくれて、すべて断ってくれました。

妻の弟は、淳の捜索のために、こちらへ来てくれたのですが、着いた時には淳は遺体で見つかった後でした。

その日の夜に、神戸大学法医学教室で淳の遺体の司法解剖があったようでした。その時には、淳のからだは全《すべ》て見つかっていたようでした。

私たち家族は、妻の両親や弟と一緒に眠れない夜を迎えました。

私は、夜中の十二時頃に、神戸大学の恩師の佐古正雄先生に電話をかけました。別に何かをいいたいわけではありませんでした。また、何かをいって欲しいわけでもありませんでした。ただ、私が信頼する人の声を聞いて、少しでも気持ちを落ちつかせたかったのです。

私は残された妻と子供を守っていかなくてはいけませんでした。今、家族を守らなければいけないのは私なのです。私がしっかりしなければいけない。それはよくわかっていましたが、私自身、非常に大きなショックを受けていましたので、やはり自分の弱さを出せるところが欲しかったのだと思います。

五月二十八日、水曜日。

私たち家族は眠れない夜を過ごしました。朝起きて、家の外をそっとカーテン越しに覗《のぞ》くと、たくさんの車が停まっているのが見えました。マスコミの車でした。

猟奇的な事件がマスコミの関心を一層煽《あお》り立てたのでしょう。私たちへの各社競っての取材攻勢が始まりました。義理の兄と弟が対処してくれており、この日は私は一応対応せずに済みました。

やがて、兵庫県警捜査一課の武田さんと須磨警察の中井さんが家にやってきました。二人から、淳の遺体の引き渡しについての話がありました。淳の遺体は親族が引き取りに行かなければなりませんでしたし、また、そのあと、どこへ持っていくかが問題でした。

私たちは、火葬する前に一度は淳を家に連れて帰ってやりたいと思いましたが、これほど多くの報道陣に取り囲まれていては、とても無理でした。家族のそんな小さな希望も諦《あきら》めざるを得ませんでした。

警察とも相談し、特殊な事件でもあり、相当多数の人が参列するだろうと考えられましたので、西神の葬儀社〝平安祭典〟にすべてお願いすることにし、淳の遺体は直接、神戸大学から平安祭典の西神会館まで連れていくことにしました。

私は、妻の状態を考え、私ひとりで淳の遺体を引き取りにいくことにしました。私は警察の車で神戸大学まで送ってもらい、さらに平安祭典まで送ってもらうことになりました。

私たちが出ていった時、多数の報道陣がマンションのまわりにいましたが、警察の中井さんと武田さんが一緒にいたためか、報道陣は警察の車に向かう私には気づきませんでした。

神戸大学医学部に向かう途中、私は大学の放射線科医局に電話を入れ、同じ研究グループの先生がいないか尋ねました。

ちょうど廣田助教授が医局にいましたので、

「妻がひどいショックを受けているので、すみませんが軽い精神安定剤を用意して欲しい」

と、お願いしました。

神戸大学医学部基礎医学講座の駐車場に着くと、廣田先生と糸氏英一郎医局長が待っていてくれました。

私は廣田先生の顔を見ると、緊張の糸が切れてしまい、もう涙が止まりませんでした。

廣田先生もかける言葉が見つからず、ただ私の肩に手をかけてくれていました。

糸氏先生も、

「病院の方はちゃんとしますから、気にしないでください。医局でできることは何でもしますからいってください」

といって、精神安定剤を渡してくれました。

私は、淳の遺体を引き取ったあと、平安祭典に向かいました。

平安祭典に着くと、さっそく係の人がやって来て、通夜《つや》から告別式にかけての手順等についての説明をし、また私と相談して細かな事柄を決めていきました。

しばらくして、義理の兄が私の父と妻の父を連れてきてくれました。

夕方には菩提寺《ぼだいじ》の明石の月照寺のご住職がこられて、枕経《まくらぎょう》をあげてくださいました。

小学校の橋本校長や森先生、それに上野先生も花をもって来てくれました。

森先生は、なかよし学級の担任で、上野先生は親学級である六年二組の担任の先生です。

私は服などの準備がありましたので、私の父と妻の父にあとをお願いして、午後十一時頃に義理の兄に家の近くまで車で送ってもらいました。

義理の兄はやはり用意もあったので、姉と一緒にひとまず和歌山に帰りました。

私がマンションの方へ歩いていくと、マンションのふたつの入り口にどちらも四、五人のマスコミ関係者がたむろしていました。

私は逃げるわけにはいきませんでしたので、そのまま歩いて西側の入り口から階段で上がりましたが、幸いに誰も気づかず、すっと家の中に入ることができました。

私たち家族は、二十九日の通夜、そして三十日の告別式のために平安祭典に行かなければなりませんでしたが、これだけ多数のマスコミ関係者に取り囲まれていると、スムーズに出ることは困難と思われました。

私は逆探知グループの山本さんとも相談し、二十九日の朝早くに、もしマスコミ関係者がいなければ私の車で平安祭典までいくことにし、もしいれば、警察の方に送ってもらうことにしました。取り敢《あ》えず、明日の準備をできるだけして、私たちは寝ることにしました。

五月二十九日、木曜日。

朝五時に起きて外を見ると、外にはマスコミ関係者の姿はどこにも見えませんでした。私は妻と敬を起こして、

「誰もいないから、はやく用意して出かけるぞ」

といって、準備をしましたが、急げば急ぐほど慌《あわ》ててしまい、時間がかかってしまいました。

家を出たのは、六時すぎになっていました。外にはまだ誰もいません。車を飛ばして、私たちは葬儀会場の平安祭典に急いで向かいました。平安祭典は、西区の西神ニュータウンにあり、友が丘からは車で二〇分ほどです。

渋滞もなく、車はスムーズに平安祭典に着きました。

私たちはある程度、準備をしてきたつもりでしたが、現実的には全然不備で、特に妻の物は足らず、近所の妻の友だちや私の姉に電話で頼んで用意をしてもらいました。

私たちは、まだあまり人がいない時に、それぞれが淳への手紙を書くことにしました。敬は、

「淳は漢字があまりわからへんから、ひらがなで書かなあかんで」

そう私たちにいって、ひらがなだけで手紙を書いていました。

私も敬のいった言葉に納得して、ひらがなだけで手紙を書きました。

〈ぽっちゃりとしてかわいいじゅん
　えがおのすてきなじゅん
　いつもげんきだったじゅん
　おとうさんがだいすきなじゅん
　いつまでもいつまでもわすれないからね〉

　手紙にはそんなことを書きました。

　三人それぞれが書いた手紙を封筒に入れて、淳が好きだった本やジグソーパズル、ぬいぐるみや服などと一緒に、淳の棺《ひつぎ》に入れました。

　昼すぎには、姉夫婦と、淳が大好きだった三人の姪《めい》たちも来てくれました。

　私は通夜や告別式の細かなことを、係の人と決めていかなければならず、慌ただしく時間だけが過ぎていきました。

　警察の方からもいわれ、私の家には誰か信頼のおける留守番が必要でしたので、神戸大学医学部附属病院の松本先生の奥さんに留守番をお願いして、私たち親族一同が通夜と告別式に出席することができることになりました。

　午後六時から通夜が始まりました。

平安祭典の会館の祭壇には、その年の二月に撮った得意のVサインを送る淳の顔写真が飾られていました。淳の顔はたくさんの花に埋もれていました。

通夜には、本当に多数の方々が出席してくださいました。

私は姉夫婦と前に立って参列者の焼香に対して挨拶《あいさつ》をしていましたが、涙をこらえることができませんでした。

立って頭を下げているだけなのに、堰《せき》を切ったように涙が流れ出してきました。

妻は立つこともできず、ただ祭壇に向かった席で、座りこんでいました。

お世話になった小学校の先生方や、捜索に加わってくれたPTAや近所の方々、そして私の職場、中学、高校、大学時代の友人・知人たちが次々と焼香してくれました。

参列者は、数百人にのぼりました。

通夜が終わると、私の中学時代の友人の一人が、

「淳君は本が好きだって聞いたから、この本を一緒に入れてあげて」

と、私に本を一冊、手渡してくれました。私はあとで、姪たちが淳に書いてくれた手紙と一緒に、この本を棺の中に入れてやりました。

通夜が一時間ほどで終わり、棺は親族控室に移されました。

そのあとも、かなりの人が来てくれました。

淳が小学三年生のときに担任だった萩森《はぎもり》先生も愛知県からわざわざ来て下さいました。萩森先生は、なかよし学級の担任で、淳が慕っていた女の先生です。萩森先生は妻にかける言葉もない様子でした。淳が自動車が好きなことを知っていて、わざわざ自動車の形をしたお菓子を持ってきて下さいました。

そのあとで、Aさんがやってきました。

「難儀なことやなぁ。子供の顔ぐらい見たりぃな」

Aさんは、妻がまだ淳の顔を見ていないことを聞いて、妻に向かって、そんなことをいったようでした。

淳の遺体の状態と、妻の精神状態を考えれば、絶対に口からは出ないはずの言葉でした。

その夜は、妻の弟が私の家の留守番に帰り、私の母が帰った以外は、みんな淳と一緒に残ってくれました。家族、父、姉一家、妻の両親、それにいとことあわせて十二人が、会館の和室控室で、淳とともに、最後の夜を過ごしたのです。

五月三十日、金曜日。

横になっていても、ほとんど眠れないような一夜が過ぎ、告別式の朝を迎えました。

朝食は会館三階の食堂でとりました。食欲もありませんでしたが、少しは食べないと身体《からだ》がもたないと思い、無理をして食べました。

朝食のおかずには、淳が大好きだった卵焼きがありました。私は職員の方にお願いして卵焼きとおにぎりを紙皿に入れてもらい、淳に供えることにしました。それを持って、私は一人で部屋にもどり、淳に供えてやりました。

しばらくして、義理の兄が戻ってきました。ほかはまだしばらく帰ってこないようでしたので、私は兄に頼んで一人で淳に最後の別れをすることにしました。

棺のふたをあけるのを手伝ってもらったあと、兄には隣の部屋にいてもらいました。

私は淳を包んでいる袋をあけ、淳の顔が見えるようにしました。

なかにはかわいい淳がいました。

私は淳の顔をみながら、そして、そのかわいい額に触れながら、淳の肉体に別れを告げました。本当でしたら、妻と敬も一緒に別れをいいたかったのですが、いくらそれほどの傷がついていないといっても、特に妻に見せることはとてもできませんでした。

私は、何もいわずにただ淳に触っていました。

慌ただしい準備が続いたあと、午後一時三十分の告別式の時間がきました。

本当にたくさんの方々が淳のためにやってきてくれました。

淳の友だちの一人が、

「いつまでもいつまでも淳君は大切な友だちだよ。一緒に卒業しようね」

と、弔辞を読みながら遺影に語りかけてくれました。

会場全体がすすり泣く声でいっぱいになりました。

妻はハンカチを目頭にあてたまま、ただうつむいていました。

私は、

「淳はわずかに十一歳でこの世を去りました。淳は私たち家族にたくさんの笑顔と、楽しい思い出を残していってくれました。天国にいっても、まわりに優しさと笑顔を振りまいてくれると思います……」

大勢の会葬者を前に、やっとそんな挨拶をしたように思います。

その後、会葬者には出てもらい、親族だけで淳とお別れをしました。棺の中に淳が好きだった花や本や、食べ物をいっぱい入れてやりました。淳の身体は棺の中できれいな布に包まれていました。

棺を車まで運ぶために外に出た時、たくさんのマスコミが目に入りました。この時だけは逃げるわけにはいきませんでしたので、フラッシュが焚《た》かれるまま、私たちは写真を撮られている状態でした。

私たちはできるだけ早く車に乗り込み、西神斎場へと向かいました。車の中では私たちは本当に、ただ悲しみだけで涙を流していました。

斎場に到着し、いよいよ火葬にふされる時がきました。

火葬炉の入口が開けられ、棺がそこに運ばれていきました。しかし、私は妻が淳にまだ一度も触れていないことが気になって仕方がありませんでした。

敬は、私の知らない間に、前の晩から棺のふたを開け、布の上から何度か淳に触れていたようでした。

でも、妻は愛《いと》しくてたまらないこの淳に一度も触れていないのです。

「実は、妻は淳が見つかってから一度も淳を見ていないし、触れてもいないんです」

私は月照寺のご住職にそういいました。

「お願いです。火葬される前に少しでも棺のふたを開けて、布の上からでもいいですから、妻に淳を触らせてあげてくれませんか」

必死に頼みました。ご住職はこの異例ともいえる私の願いを快く聞いてくださいました。斎場の人に話をつけてくださって、最後の最後に淳の棺のふたがもう一度開けられることになりました。

私と妻と敬の三人だけが、棺を囲みました。棺の中にいる淳に布越しに触れながら、家族は本当に最後のお別れをしました。

妻は何も言わず、ただ泣きながら優しく優しく淳を触り続けました。

私たちは火葬が終わるまで、一度、平安祭典の西神会館に戻りました。遅い昼食をとった後、しばらくしてまた斎場に戻りました。

私は喪主として、「淳のお骨」が出てくるのを一人で待ちました。

しかし、さすがに「淳のお骨」が出てきた時、その変わり果てた淳を見て、私は声を上げて泣いてしまいました。もう本当にこの世には淳の肉体はなくなってしまったという思いが、私の心を打ちのめしてしまいました。

その後、親族一同で骨壺《こつつぼ》に淳の骨を入れ、また西神会館に戻りました。西神会館では、引き続いて、初七日法要をおこないました。

その後、私たち家族は、警察の車で家まで送ってもらいました。

マンションに着くと、数人のマスコミ関係者が待ち構えており、私たち三人の写真を撮っていきました。

私たちは、それぞれお骨や位牌《いはい》、遺影を持っていたので、顔を隠すこともできませんでした。

私たちは、淳のお骨と一緒に家に入りました。淳がどれほど家に帰ってきたかっただろうかと思うと、切なさで胸が張り裂けそうでした。

私たちは、淳の遺影に向かって、

「お帰りなさい。やっと帰ってこれたね」

と、話しかけるのが精一杯でした。

捜査

五月三十一日、土曜日。

淳《じゅん》がいなくなって一週間目の土曜日は、淳の葬儀の翌日となりました。

そして、この日から、私たち家族に対する本格的な事情聴取が始まりました。

私や妻、長男をはじめ親族に対して、細かい配慮の上でしたが、警察の徹底した聴取が始まったのです。

一度に長時間にわたる事情聴取は決してせず、例えば強い悲しみに沈んでいる妻に対しては、私を通して間接的に質問するなどの気配りをしてくれました。

質問の仕方も、聴かれる側がリラックスできるように言葉づかいに気をつかった聴取だったように思います。

もちろん、まだ中学生の長男・敬《たかし》にも十分な配慮をしていただき、彼への聴取は一番あとまわしで、答えにくい質問に対して無理な回答を求めることもありませんでした。

事情聴取は、まず淳が行方不明になった五月二十四日前後の状況に集中しました。

まず、私をはじめとして全《すべ》ての近親者が、その日の行動を詳しく聴かれました。

それは、

「被害者である私たちのアリバイ調べをして、警察は何を考えているのか」

と、思わざるを得ないほど、細かなものでした。

しかし、すべては犯人逮捕のためです。私は、

「警察にはどんな小さな情報でも思い出して話すように」

と、家族たちにいいました。

これは後になって分かったことですが、例えば、私が話した当日のアリバイは、警察によってすべて確認されていることが分かりました。

その日、私は、前にも触れたように定例の医学研究会に出席していました。

そこには顔見知りの神戸大学放射線科の先輩も出席しておりました。

そのことを警察に告げた後に、その先輩が勤務している病院に警察がやってきて、私が刑事さんに話したことを先輩に確認していったということでした。

「彼は本当にそこに出席していたのか」

「どこの席に座っていたのか」

「何を話したのか」

と、かなり細部にわたって確認を求められたそうです。

のちに先輩からそのことを教えられたのは、もちろん、事件が解決したあとのことでした。

警察は、被害者であろうとなかろうと、すべての事実関係をキチンと把握していくことが分かり、先輩とともに、感心したものでした。

私たちに対する五月二十四日の行動確認の次は、生前の淳自身の性格や、淳が日頃から親しくしていた遊び友だち、淳が安心して立ち寄りそうな場所などについて聴かれていきました。

この質問に対しては、私はほとんど役に立ちませんでした。

淳の日頃の行動の一部始終を知るのは、やはり妻です。

もちろん、淳の性格や考え方などを聴かれれば、私も積極的に話ができましたが、それ以上のことは、すべて妻に頼るしかありませんでした。

妻のショックは大きく、本来とても聴取に耐えられるような状態ではなかったのですが、私が刑事さんに代わって質問したりしている内に、次第に直接質問に答えるようになりました。

「淳には軽い知的発育障害があるものの、性格は実に慎重でした」

「信号が青に変わってもすぐには道路を横断せず、必ず左右を確認してから渡るほどでした」

「知らない人などには絶対についていきません。顔見知りの大人と外で会っても、自分のほうからは決して話しかけたりして近づかない性格です」

この点は、犯人探しをする上でもかなり参考になると思いましたので、私と妻は特に強調して話しました。

また、妻は、淳の日頃の行動パターンを詳しく話しました。

「淳が一人で遊びにいくと考えられる近所の家は、たった二ヵ所しかありません」

「その一軒が同じマンションの斉藤さんの家で、もう一軒は、昔から亀《かめ》を飼っているAさんのお宅です。淳はその亀を見るために、よくAさんのお宅の庭先にお邪魔していました」

祖父の家には週に何回くらいの頻度でいっていたのか、遊びにいくとき、いつも何時ごろ家を出て、何時頃家に帰ってきたかということも、妻は警察に話しました。

そして、〝その質問〟は、そんな一連の話がすべて終わったあとに飛び出しました。

ちょうど、私たちがそれまでの緊張をゆるめて、肩の力を抜いた時でした。

「犯人は、淳君の遺体に挑戦状を置いていきました。お父さんに何か心当たりはありませんか？　お母さんは、どう思われましたか？」

実は、私たちはあの事件が起こったあと、いっさい新聞の事件に関する記事を読んでいませんでした。テレビも時代劇か、スポーツしか見ません。もちろん、ワイドショーなどにチャンネルを合わせたことは一度もありませんでした。淳の事件関連の記事やニュースなどを、私たち夫婦は見たくもありませんでしたし、敬の目にも触れさせたくなかったからです。

「敬にはいっさい見せてはいけない」

夫婦でそれは固く決めておりました。

当時は、電話機に設置した逆探知機をチェックするために、常時、三人一組の刑事さんたちが入れ代わり立ち代わり家の中で待機しておりました。

その人たちは毎日のように新聞を私たちの家に持ってきました。私たちはそういった新聞を長男に余計な刺激を与えないように、淳に関する記事を切り抜いていました。

その際に読む気はなかったものの、見出しだけには目を通さざるを得ませんでした。

それだけでも、相当な内容の記事だったと思います。

しかし、肝心の尋ねられた挑戦状については、その文章の前文すら読んでいませんでした。

すると一人の刑事さんが、その場で挑戦状のコピーを見せてくれました。

私たちは黙って、それを読みました。新聞に出ていたもののコピーです。

「詳しいことは何も分かりませんが……」

と前置きして、私たちはこういいました。

「これは、若い子が書いた文章だと思います。どう考えても、マンガ世代といわれる若い子が書いたものとしか思えません」

そう思ったままの感想を刑事さんたちに伝えました。

その文章を見て、とても子供の書ける文章ではない、と判断した方が多かったと聞きますが、私たちは逆でした。

それは、マンガを読んでいる世代に特徴的な文章だったように思います。

警察の人の話では、

「淳君は犯人に対して、何らかの抵抗をした痕跡《こんせき》がまったくない」

ということでした。

そうだとすれば、淳は顔をよく知っている誰かに連れ去られ、こんな目にあったものとしか、私たちには考えられませんでした。

私たちは、こうつけ加えました。

「だから、その犯人が大人であるとは思えません。淳は相手が顔見知りでも、それが大人だったら、誘われても決してついていかない子でしたから……」

妻は、その時はハッキリいいませんでしたが、犯人は高校生以下の子供の可能性もあると、強く感じていたようでした。

しかし、一方で私は、

「淳を殺害した犯人は、せめて二十歳以上の人間であって欲しい」

と、心から願っていました。なぜなら、犯人が子供であれば、罪に相当する罰を受けることがないと分かっていたからでした。

のちに淳を殺害した犯人と判明したA少年の母親は、淳の告別式が終わったあとも、私の家には三回ほど出入りしておりました。

最初は、斉藤さんに買い物を頼んだときに、偶然Aさんが斉藤さんとあったようで、一緒に私たちの家にきました。

その後、二回ほど電話で、

「何か、買い物はない？」

と言ってきました。

そのため、私の妻は何も知らずに、必要な食料品の買い出しを頼んだのでした。

当時は大勢のマスコミの人たちが、私たちのマンションの周辺に集まっており、ちょっとした買い物にも、私たちは外出することができないという事情がありました。

そこで、ほとんどの買い物は私たちの家で待機中の、逆探知担当の刑事さんなどに頼んで、近くの小さな店に買い物に行ってもらっていました。しかし、やはり大きな店の方が品数も多いため、妻はAさんに買い物を手伝ってもらったのです。

Aさんと妻とは、たしかに、同じ学校に通う、同じ年頃の子供を持つ母親同士として、ずっと前から顔見知りでした。

淳が小学校三年生の時には、自治会が主催した卓球同好会に、Aさんに誘われて参加したことがありました。

その当時、卓球の帰りに二回ほどAさんの家にいったことがあるそうです。

しかし、私の妻は、パッチワークの方が忙しくなったこともあり、その年のうちには、卓球同好会を自然退会してしまい、Aさんとも付き合いはほとんどなくなってしまいました。

そのため、淳がA少年の一番下の弟と同学年でもあり、また、Aさんの家で淳が大好きだった亀を飼っていたこともあって、淳はよくAさんの家に遊びにいっていたようですが、母親同士は、特に仲が良かったというわけではありませんでした。授業参観日や道で顔を合わせれば、お互いに挨拶《あいさつ》する程度の仲でした。

そういうわけで、私の妻は、淳が小学校三年生の時に、二回ほどAさんの家にいったことはありますが、それ以降はいっておらず、また、Aさんが私たちの家にきたこともありませんでした。

Aさんが私たちの家の中にはいったのは、行方不明になった淳をみんなが血眼で捜していた五月二十六日に、電話番にきたのがはじめてでした。

そのAさんが、淳の告別式のあと二回は自分から、食料品の買い物にいってくれましたが、妻が頼んだ買い物を、家の玄関先で妻に手渡すときに、

「警察は？　何人いるの？　二人？　三人？」

などと、警察のことを聞いていたそうです。

六月九日、月曜日。

淳が殺害されて発見された日から、ずっと休学していた長男の敬が、今日から再び、登校を開始することになりました。

家にずっと閉じこもっているよりも、やはり外に出て友達と話したり、遊んでいるほうが、敬の精神衛生上にはプラスになりますし、だいいち、本人もずっと気が紛れるはずです。

可愛《かわい》がっていた弟があんな状態で死んでしまったので相当なショックを受けたようですが、最近になってやっと、敬も学校にいきたがるようになっていました。

しかし、淳の遺体が発見された現場でもある中学校に通うことは、彼にとってどんなに辛《つら》いことか。

私はただ、一生懸命に耐えている敬のうしろ姿に、

「頑張ってくれ。あんな酷《ひど》いことをした犯人に負けるなよ」

と、密《ひそ》かに心のなかで祈るしかありませんでした。

六月十六日、月曜日。

私自身もこの日から職場に復帰することになりました。

その朝のことでした。

駐車場から車に乗って出口に向かうと、私をずっと待ち構えていたらしいカメラマンの一人が、サッと車の前に飛び出してきました。フロントガラス越しに、私の顔写真を撮ろうとするのです。驚いて急ブレーキを踏みましたが、私はそこまでするマスコミの人間に、激しい怒りを覚えました。

その時は幸い、こんなこともあろうかと心配して見張っていてくれた山元刑事さんがカメラマンを横に押しやってくれました。

私は車を無事に発進させることができましたが、久しぶりに出勤する日なのにいやな気分になってしまいました。

病院に着くとさっそく、休職中にご迷惑をおかけした放射線科の所谷技師長をはじめ、技師室のみなさんや看護婦さんたちにお礼の挨拶をしました。

病院長のところへもいき、今日から職場に復帰することを報告するとともに私が休んでいた間の心遣いにお礼をいいました。

この日は、久しぶりに仕事をしたものですから、その疲労感はいままでの倍以上に感じたものです。

しかし、こうして汗を流しながら仕事に没頭していると、一時的とはいえ何もかも忘れることができ、心の中の憂《う》さも、少しだけ薄れるような気がしました。

帰り際《ぎわ》に、病院の近くにある寿司《すし》屋さんに電話をして出前を取り、淳が好きだった寿司を土産に持って自宅に向かいました。


六月二十二日、日曜日。

テレビボードの上を何気なく整理していたら、淳がその年の五月の遠足に持っていった小さなノートが見つかりました。

淳が奈良へ遠足にいったのは、つい一ヵ月ほど前の、淳がいなくなった土曜日と同じ週の五月十九日、月曜日のことでした。

そのノートを開いてみると、メモの欄には見慣れた淳の筆跡が並んでいました。

「はせ　じゅん。はせ　たかし」

などといった文字のほかに、私のほうが、こんなにと驚くほどたくさんの文字が書かれていました。

その文字を目で追っていると、楽しそうに奈良の大仏様を見上げている淳の笑顔が浮かび上がってきました。

仲良しの友だちと手をつないで、得意気に初夏の奈良路を歩き回る淳の様子が浮かんできたのです。

今はもうそんな淳に会えなくなってしまったかと思うと、知らず知らずのうちに涙があふれ出てきました。

私はしばらくその場に立ちすくんでしまいました。


六月二十三日、月曜日のことです。

淳がいなくなってから、私は初めて淳の夢を見ました。

夢のなかの私は、淳の姿を求めて捜し回っている時の私自身を、さらに夢のなかで見ているのです。

夢の、また、夢のなかにいる私は、そこでは無事に淳を見つけ出し、その頭をしっかりと抱きかかえているのですが、悲しいことにこれは夢なのだと知っていました。

「夢なのだから、夢から覚めたら淳はいなくなってしまうのではないか。そうだ、きっと淳はいなくなってしまうに違いない。それなら夢よ、ずっと覚めないでいてほしい」

知らず知らずのうちに私はそう祈っていました。

しかしその瞬間、夢のなかの夢は突然、覚めてしまいました。

けれども、まだ私の夢のなかでは、私の腕のなかにたしかに淳がいました。

私に抱かれたままの淳は、すっかり安心して軽い寝息すら立て、ぐっすりと眠っていました。

そんな淳の寝姿を見ながら、

「ああ、よかった。淳がここにいる。本当に夢でなくてよかった」

私は、そう喜びました。

しかし、しばらくして本当に私は夢から覚めました。

そのとき、私の腕のなかに淳の姿はありませんでした。

現実にひき戻されたときの落胆は、表現のしようもないものでした。


六月二十四日、火曜日。

早いもので、この日は初めての淳の月命日です。

朝起きて、淳が好きだったＮＨＫの朝の連続テレビ小説〝あぐり〟を見ていました。

その画面のなかで、ちょうど主人公のあぐりが、遠くから近づいてくる息子の吉行淳之介に向かって、さも嬉《うれ》しそうな声を張り上げながら、こう呼んでいました。

「じゅーん、じゅーん」

テレビに映った〝淳〟は丸い顔をした、目のぱっちりとした可愛らしい男の子が演じていました。でも、

「うちの淳が、この子と同じだった頃は、もっともっと可愛かった……」

私はそんなことを考えていました。

ただ、画面のなかで母親のあぐりが、

「じゅーん」

と、呼ぶ声を聞いていると、

「ついこの間まで、自分も〝じゅーん〟と何度も呼んでいたのに……」

と、ついつい淳のことを思い出してしまいました。

しまいにはテレビの画面を見ていられないほどの寂しさが、胸にこみ上げてきてしまいました。

その夜、パソコンを動かしていると、

「お父さん、ご飯よ！」

なつかしい淳の声が、私の背中に聞こえてきたような気がして振り返りましたが、それは単なる錯覚でした。しかし、なつかしい淳の声は、私の中ではまだ、記憶ではなく、たしかにそこに在るものだったのです。

六月二十六日、木曜日。

この日は淳の三十五日法要でした。

近くに住む私の両親のほかに、妻の両親や私の姉夫婦が遠くから来てくれました。仏壇のまわりには、淳が大好きだったお花や果物をたくさん飾り、また、淳が大事にしていた機関車のおもちゃも一緒に飾ってやりました。

この日は、月照寺のご住職が午前十一時頃にこられました。

いつものように最初は私たちにしばらく話をしてくださって、気持ちを和らげようとしてくださいました。

その後、ご住職が読経《どきょう》をし、私たちも一緒に小さな声でお経をあげました。

月照寺は曹洞宗《そうとうしゅう》に属するお寺で、総本山は福井県にある有名な永平寺です。この時も、道元禅師が記された『修證義《しゅしょうぎ》』をみんなで唱えました。

最後に順番に焼香をおこない、法要は終わりましたが、やはり、この頃には全員が目を潤《うる》ませていました。

わずか九人だけの集まりでしたが、みんな、生前の淳を本当に愛してくれていた人達ばかりでしたので、心のこもった供養《くよう》ができたと思います。

夜、やはり淳のことを思い出して、自分の部屋の片隅に置いてあった、かつて淳が愛用していたランドセルを手に持ってみました。

このランドセルを背中に負って、楽しそうに学校に通っていた淳。その姿が鮮やかに思い出されて、涙がジワッとにじみ出てきてしまいました。

先にも触れましたが、私たちの家には、県警捜査本部から派遣されてきた電話逆探知グループの方々が、淳が発見された日からずっと昼夜三交代制で滞在していました。

この人達は本来の逆探知の仕事に携わる傍ら、外出できないでいた私たちの相談役であったり、話し相手であったり、時には、食料品などの買い出しを肩代わりしてくれる便利屋さんであったりしてくれました。

そして、横暴な取材を敢行しようとするマスコミ関係者と称する人間たちからも、身を挺《てい》して私たちを保護してくれたのは、この刑事さんたちでした。

ですから、私たちが被害者の立場にありながら、マスコミの好奇の目にさらされ、おかげで家から一歩も外に出られない不自由な生活を強いられていた間も、なんとか日常生活を維持できたのは、この方々のおかげでした。

そして私は、逆探知グループの陣取った部屋にいっては、よく、

「犯人は本当に逮捕できるんでしょうか」

などと、不躾《ぶしつけ》な質問を何度か繰り返したのでした。

刑事さんたちは、

「警察は全力を挙げて頑張っていますので、きっと逮捕できると思います」

と、ともすれば悲観的な考えに陥りそうになる私たちを励ましてくれました。

この三十五日法要が済んだあと、私は、私たちを担当していた武田、中井の両刑事に、同じようなことを聞きました。

すると二人はハッキリとこう答えました。

「何で、そないに思うんですか？　四十九日までには捕まえたいと思っています」

この時、私たちは、犯人逮捕は間近いということを感じました。

そして、実際、その二日後に「あの日」が訪れたのでした。

犯人逮捕

六月二十八日、土曜日。

この日は、おりからの台風の影響で風も強く、天気はよくありませんでした。

午後七時二十分頃でした。突然、電話の呼び出し音が鳴りました。

いつものように、子供部屋にいた逆探知グループの山本さんが飛び出してきました。

「どうぞ」

目配せを確認して、受話器をとりました。

「もしもし、土師《はせ》さんですか」

「はい」

「兵庫県警捜査一課の岡本と申します」

電話は警察からのものでした。逆探知のテープが止められました。

「はい」

この人からは初めての電話でした。なんだろうと思いながら、次の言葉を待ちました。

「被疑者A（実際は実名）十四歳、友が丘中学校三年生を今夜七時五分に逮捕しましたので報告いたします」

簡潔で、淡々とした口調でした。

「まさか、本当に？」

頭の中は混乱していました。

やはり、まさかという思いが強かったのだと思います。

「ひょっとしたら、聞き間違いかもしれない」

私は、逆探知グループの山本さんのところにいき、警察に確認の電話をかけてもらうよう頼みました。

名前は間違いありませんでした。

「妻はこのことを聞いたらどう思うだろうか？」

そんなことを考えました。

それは、私たちの家族から聴取している時に警察からもしばしば出ていた名前でした。

淳《じゅん》が遊びにいく家は同じマンション内の斉藤さんの家か、Aさんの家しかなく、しかも淳が小学校三年の時に、殴られたりしてイジメを受けた当人の名前でした。

警察は事件発生当初から、A少年の存在について、関心を示していました。淳へのイジメの事実や、小学生の時に粘土の脳ミソにカッターナイフの替え刃をたくさん突き刺した異様な工作をつくった話など、A少年の性格的な異常性は刑事さんの口からも聞いていました。

淳が遊びにいっていた家の一番上の兄が、あの純粋で人を疑うことを知らない淳を殺したのです。ショックでした。

山本さんとも相談し、取り敢《あ》えず妻には、〝犯人が未成年であった〟ことだけを話しましたが、妻はA少年が犯人であることに気づいたようでした。

事件発生当初から何度も何度も警察の口から出ていた名前でしたし、なにより私の態度からそれを察したのです。

妻には、

「やっぱりそうだったのか」

という思いが強かったかもしれません。

二人の間に会話はありませんでした。

私は、マスコミが家に殺到してくると思い、山本さんと相談し、すぐコメントを考え、ワープロ打ちしてドアの前に張り出しました。

〈報道関係の皆様へ

事件のことに関しましては、連絡を受けて知りました。いろいろと有り難うございました。ただ、現在の私共の心境はとてもコメントさせていただく状態ではございません。どうぞお察しの上、そっとしておいて欲しいと思いますので、宜《よろ》しくお願い致します。

土師　淳〉

その数分後でした。最初の取材がＮＨＫからありました。インターホン越しの女性記者でした。

「犯人が逮捕されましたが、ご心境をお聞かせ下さい」

私は事件発生後、一貫して直接、コメントはしないことにしていましたので、その旨《むね》を伝え、インターホンを切りました。インターホンの音量もオフにしました。

そのあとすぐに今度は共同通信から電話が入りました。質問内容はほとんど同じです。

私はコメントを断り、留守番電話に切り換えました。

それからしばらくして、ずっと私たちの家を担当していた三人の警察官が事件の経過報告にやってきました。しかし、マンションの玄関前の非常に狭いスペースに、大勢の報道陣が殺到していたため、家のなかに入るのに一苦労したといっていました。三人の方々から、A少年の逮捕に至った状況や、被疑者宅へ身柄を連行にいったときの様子を聞きました。

「今までのことでわかっていると思いますけども、そういうことですわ」

警察の人はA少年について、多くを語りませんでした。しかし、これまでのことで、A少年が犯人であることはある程度、予想していたのではないか――その言葉には、そういう意味が込められていたと思います。

しかし、この時点では、肝心の動機などについては、もちろん詳細がわかるはずはありませんでした。警察では、とりあえず被疑者を逮捕することができたことで、ひとまずホッとしている様子でした。

深夜近くになって、マンションの南側を窓越しにそっと覗《のぞ》くと、そこにはたくさんの報道陣の車と、野次馬としか思えない人達が大勢たむろしていました。そのため、マンション前の車道は大変な交通渋滞を起こしていました。

私の影が映ったのでしょうか。それともただ単にマンションを撮影しようとしているのでしょうか。四階自宅の窓のカーテン越しに、カメラのフラッシュが何回も焚《た》かれました。この騒ぎぶりには怖い感じすらしました。

後で知ったのですが、この夜は私たちの家の玄関前に二、三十人の報道陣が詰めかけていました。そのうちの何人かは、廊下などで徹夜をし、私たちの動きに備えて張り込みをしていたというのですから、とても信じられませんでした。

私たちは、犯人逮捕についてはホッとしましたが、犯人が十四歳の未成年だったこと、そしてなによりA少年だったことで、なんとも表現のしようのない感覚になっていました。

怒りと虚《むな》しさ——これで犯人が死刑になることはない、いやそれどころか通常の裁判すら受けることがない、と思うとどうしようもなくやりきれない感情がこみ上げてきました。

もちろん、少年法について、その時、詳細を知っていたわけではありません。しかし、常識として、

「この国ではA少年が罪に応じた罰を受けることはない」

それぐらいのことはわかりました。

少年と人権

被疑者のA少年が逮捕され、取り調べは進んでいきました。新しい事実が明らかになるにつれて、その犯行の異常さが次々と新聞やテレビ、雑誌などで紹介されていきました。

しかし、そこでマスコミを支配していた空気が、変わってきたように思われたのです。私にはA少年に〝同情〟しはじめたかのように感じられたのです。

〈事件と向き合わぬ中学〉

〈中学生に潜むストレス〉

〈新興住宅街の隙間《すきま》が生んだ〉

〈環境が大きく左右〉

そんな見出しが新聞に躍っていました。

私と妻は、新聞の記事をとても詳細には読む気にはなれませんでしたが、警察の人が持ってくる新聞の見出しだけは、それなりに読んでいました。

それはA少年が逮捕された時から心配していたことでした。

あとから人に聞いた話ですが、テレビや新聞に登場する評論家やジャーナリストたちの意見は、次のようなものだったようです。

少年はなぜあの犯罪に走ったのか。

少年の心の闇《やみ》を理解しよう。

学校教育が、少年をあそこまでに追い込んだ。

少年を更生させるのには、どうしたらいいか。

その主張や意見は、問題は少年そのものにあったのではなく、少年を取り巻く学校や社会にあった、というものでした。

それはそのまま、少年への「同情」へと流されていきます。

——A少年は、歪《ゆが》んだ教育、そして病んだ社会の被害者なのです。

一見、耳に心地よいこの意見は、しかし、私たち被害者にとって耐えられるものではありませんでした。

あの少年が歪んだ学校教育の被害者なのでしょうか。

病んだ社会の被害者といえるのでしょうか。

もし、本当に少年がそうしたものの被害者なら、友が丘中学にはA少年のような生徒がいくらでもいなければなりません。

しかし、実際に彼のような生徒は、これまでだってあの中学に現れたことはありません。

かわいそうだったのは、逮捕直後から起こった友が丘中学へのバッシングでした。

生活指導の先生が少年に暴力をふるい、それが事件の引き金になったようなことまで新聞やテレビが報じるようになりました。

私たちの家にその当の生活指導の先生が、事情を説明にやってきてくれたことがありました。

その先生は、報道されていることと実際はまったく違うことをきちんと私たちに説明してくれました。

私たちは、警察の人からも少年の学校に関する供述の極く一部について聞いていましたので、学校や生活指導への反発が事件の引き金になったのではないことをあらかじめ知っていました。

しかし、マスコミは「社会」、特に「友が丘中学」に原因を求めていったように思います。

非行を防ぎ、乱れかけた生徒を矯正する役目を負った生活指導の先生が生徒に煙たがられるのはごく当然のことで、それをあたかも事件の原因のように持ってくるマスコミの主張には、違和感を超えて、脱力感、虚《むな》しさを感じてしまいました。

七月初めに写真雑誌が、A少年の顔写真を掲載し、また別の雑誌が、目隠しの線を入れたA少年の写真を掲載しました。

たとえ、淳《じゅん》を殺害した犯人といえども、A少年の顔写真を掲載することについては、よいことだとは、私も思っていません。

日本は当然法治国家ですし、基本的に法律は守られるべきだと思います。

しかし、その後の経過については、少しとまどいを感じました。犯人が十四歳のA少年であったことで、「事件の被害者」が淳であるということが、少しぼかされてきたのではないかと、私たちは、感じていました。

A少年も「事件の被害者」の一人ではないのかという意識がマスコミの根底にあったのかもしれません。

A少年の顔写真が掲載されたときには、批判がでました。

A少年の人権侵害ということが大きな理由でした。

この時、私たちは、

「人権とは一体何なのか」

「被害者の人権は一体どうなるのか」

そのことを改めて考えさせられました。

目隠しの線が入った写真も、入ってない写真もありましたが、氏名は一切出されていませんでした。一般の人たちには、この写真だけでは個人を特定することはまず、困難だと思います。

それに対して被害者の側は顔写真も氏名も連日、新聞やテレビに出されていたのです。被害者側には、A少年に認められている人権さえ認められていないのです。

少年だから犯罪は許されるのでしょうか。少年が犯人だとわかったら、淳は生き返るのでしょうか。

少年の人権、犯罪者の人権擁護をいうあまり、本当に守らなければならない真の「人権」というものを社会全体が見失っているのではないでしょうか。最初に社会全体で守っていかなければならないのは誰なのでしょうか。それは普通に、そして平穏に暮らしている一般の人々のはずです。それは人を疑うことも知らなかった淳であり、そして、他人に迷惑をかけずにその日、一日一日を一生懸命、生きている人々すべてだと私は思います。その一番大事な基本を見失えば、社会全体が歪んでしまうのではないでしょうか。

私は「人権」というものを考えるにあたって、日本以外の国の「人権」の考え方はどうなのか、本当に守られるべき「人権」は誰の「人権」なのか、アメリカ合衆国での人権の考え方を記した本を何冊か読んでみました。専門家でもない私が「人権」を云々《うんぬん》するのは適当ではないのかもしれません。ですが、少し触れてみようと思います。

人権意識の発達したアメリカ合衆国は、同時に多発する犯罪に悩まされている国でもあります。アメリカ合衆国では、一般の平穏に暮らす人々をいかに守っていくか、それこそ社会全体で必死に考えています。繰り返して性犯罪を犯す者については、地域全体にそのことが知らされ、その性犯罪者の家にその旨《むね》のステッカーまで貼《は》る州もあるといいます。

そこまですることが適切かどうかは別として、そこには、真に守らなければならない本当の人権を守っていこうとする社会全体の気概のようなものを私は感じます。日本の少年の人権・犯罪者擁護の論調とは異なっているものだと思います。

この事件後も重大な少年犯罪が相次いでおこりました。

今年（一九九八年）一月、バタフライナイフでわずか中学一年生の男子生徒が先生を刺し殺し、東京では、同年二月、警察官をバタフライナイフで刺し殺そうとする事件が起きました。

そしてそれに類する犯罪が全国で多発しました。

文部大臣（当時）が子どもたちに命の大切さを訴える緊急アピールまで出す事態になりました。再び、マスコミは、

「なぜ子どもたちはキレるのか」

「何がそこまで彼らを追い詰めるのか」

といった主張をしていました。

しかし重大な非行に走る少年たちの多くは、

「自分たちが何をやっても重罪には問われない」

ことをよく知っています。

彼らは大人が考えるより、案外賢く、もの知りです。学校でも、先生たちが自分たちに体罰ができないこと、もしやればどんなことになるのか、重々知った上でいろいろなことをしているのです。

妻は、この少年犯罪がつづいた時期、

「最近は、いろんなことを知っている子供が多いのに……」

と、ひとことだけ呟《つぶや》いたことがあります。

妻には、淳の事件の教訓が生かされずに逆に少年犯罪が増加していることが悲しく、また虚しかったのだと思います。

警察の人に聞いたことですが、犯罪をおかす少年たちは、

「〇〇歳までやったら、刑務所に行かんでもええ」

ということをわかっていて、実際、取り調べの時でも平気でそういうことをいってくる少年がいるそうです。そういうことを知った上で、非行や犯罪を多くの少年がおこなっているのです。それに対して一方のマスコミは、少年たちの気持ちを理解しようという態度をとります。そして、学校や社会に原因を求めようとします。

そのことが、少年犯罪がここまで増悪する現状を生んだ原因の一つではないでしょ

うか。

そしてそれは、「更生」だけを論じ、自分の犯した罪を「十分に自覚させていない」という矛盾を生んでいると思います。

その結果が、また新たな犯罪を生み、そして新たな被害者を生んでいるのではないでしょうか。

A少年には、多くの弁護士が附添人としてつきました。

そして、

「鑑別所への送致」

「取り調べ時間の短縮」

などの主張を行いました。

しかし、これらの附添人の方々には、もっと被害者のことも考慮してほしいと思います。

人が殺されているという現実の重さを、第一に考えて欲しいのです。

事件の真相をまず明らかにすることを優先することは、被害者保護にとって、非常に重要なことだと思います。また、真相を明らかにすることは、A少年にとっても最適な保護処分を決定するにあたり、必要なことではなかったでしょうか。

私たち被害者は、やり場のない、どうしようもない悲しみにさいなまれています。ですから、附添人の方々には、被疑者の弁護をすることは当然のことだと思いますが、被害者の心情に配慮し、事件の真相を明らかにすることにもっと協力して欲しいと思います。


その後、日弁連（日本弁護士連合会）なども少年法改正の議論をおこなうことを容認し、少年審判への検察官の立ち会いなども議論の対象にされるようになりました。

今回の事件をきっかけに、少なくとも、自分の犯した罪を自覚させ、そのことに対する償いについては、きちんとやらせるという人間社会の当たり前のルールや信条に貫かれた考え方の上で議論がされることを私は望みます。

もちろん、犯罪者が少年であろうとなかろうとそれは関係ありません。

それこそが、新たな悲惨な事件を防ぐ唯一《ゆいいつ》の〝抑止力〟であり、淳の死が無駄でなかったことの私たちのただ一つの慰めだからです。

私は、A少年の犯罪は、家庭の問題を抜きにしては究明されないものだと思っています。

逮捕後何日かたってからでした。

私たち夫婦は、かつての担当刑事の一人に、前から私たちが疑問に思っていたことを、率直に尋ねてみました。

「A少年の両親は、どうなんですか。両親、特に母親のほうは自分の息子が犯人じゃないかと、少しは感づいていたのではないですか」

いまから考えると、淳が行方不明になってからのA少年の母親の行動はいかにも奇妙なものでした。それは、ちょうど私たち家族や警察の動きを何かといっては探っていたものとしか思えませんでした。

「Aさんは、事情聴取でどういっているのですか。少しは、悪かったと思っているのでしょうか」

私も妻も、そのことがどうしても聞きたかったのです。これに対する刑事さんの答えは、まるで奥歯に物が挟まったようなものでした。

「感づいていたかどうかは分かりません。それにたとえ感づいていたとしても、それだけでは母親の罪を問うことはできませんし……。まあ、早くあなたがたに謝罪をするようにとは、私らもいうておるんやけどね……」

事件が一段落したあと、私たちはA少年の両親から、何らかの謝罪を示す動きがあるのではないかと思い、しばらくは黙って待っていました。もちろん、両親から謝罪を受けたからといって、A少年の罪を許す許さないは別問題です。謝罪をされたからといって、私たちの怒りや悲しみが治まるものでないことはいうまでもありません。

しかし、加害者の親である前に、そんな子どもを持ってしまった一人の人間として、せめて早い時期に、私たちに誠意ある謝罪をするのが当然ではなかったでしょうか。いや普通なら、わが子がしでかしたことのあまりの重大さに、被害者の家族の心情を想像し、とるものもとりあえず駆けつけて、一緒に悲しみを共有しようとするのではないでしょうか。そこから、自然と謝罪の気持ちも生まれ、そして新たな再出発の糸口も見つかってくるのではないでしょうか。

しかし、Aさんからは何の連絡もありません。

「Aさんから手紙がくるかも知れない。いや、まず電話がかかってくるだろうか」

私たちは、ただ待っていました。

二、三週間はアッという間に過ぎました。

A少年の両親からは、何もいってきませんでした。

やがて、私も妻も裏切られたような気持ちになってきました。その後、Ａ少年は、竜《りゅう》が台《だい》女児殺傷事件で再逮捕されたり、続いて同じ年の二月に起きた女児殴《おう》打《だ》事件を自供したので、この事件はついに「神戸連続児童殺傷事件」と呼ばれる大事件へと発展していきました。

そうなっても、Ａ少年の両親からは何の連絡もありませんでした。

いくら警察での事情聴取に時間を取られているとはいえ、手紙の一通くらいは書けるのではないか。また、謝罪する気持ちがあれば、警察官を通じてでも伝言を頼むくらいのことはできるのではないか。

しかし、それさえ一切ありませんでした。

私たちは、Ａ少年の両親に対して不信感が募っていきました。

「両親には、自分の息子が淳や私たち家族に対してやったことについて、悪いと思う気持ちが存在しないのではないか」

「Ａ少年が行なったことに対して、親として、反省の気持ちも謝罪の気持ちもないのではないだろうか……」

「今度の事件で謝罪するつもりは、一切ないのではないか……」

次第にそう考えるようになっていきました。

時間がたち、日数がたってからの謝罪では、それを私たちに本心からのものと信じさせるのは難しくなります。たとえば、

「A少年の情状のためにも、謝罪した方がよいのではないか」

ということでの謝罪かもしれないと思ってしまいます。

たしかに、

「両親も、彼が逮捕された直後は精神的パニック状態に陥り、とてもではないが、被害者側に対する謝罪などを考える余裕がなかったのではないか」

と、いう人もいると思います。

しかし、あのような被害を受けた人間が、どんな気持ちで長く悲しい時間に耐えて過ごしているのか、どのように混乱した日常生活を送っているのか——A少年の両親も人の親なら、そのぐらいは思い至るはずです。どんなにパニック状態に陥っていたとしてもそれがわからないはずがありません。両親は、まず以前からの顔見知りでもある私たち被害者側に頭を下げることから始めるべきだったと思います。

さきほども触れたように、A少年には、彼の逮捕と同時におおぜいの弁護士がつきました。

もし本当に被疑者側のことを考えた附添人でしたら、まずは謝罪を優先するように、

A少年の両親に指導すべきだったのではないでしょうか。

A少年の附添人としては、弁護活動を優先することは当然の仕事だとは思います。しかし、このような特殊な事件の場合、被害者側の心情をより考慮した柔軟な対応をして欲しかったと思います。

そうすれば、私たち家族とA少年の家族との話し合いの端緒もあったのではないかと残念に思います。


淳の事件を、いわゆる通り魔的な事件と同列にすることはできないと思います。

淳はこの事件の被害者となる前、つまり小さい頃から、A少年やその母親とは顔見知りだったのです。

A少年のいちばん下の弟とは、かつては机を並べた同級生だったし、Aさんの家では淳が大好きだった亀《かめ》を庭の隅で飼っていたこともあって、淳はよくAさんの庭にでかけていっていました。

淳は亀が好きで、家でもミドリ亀を二匹飼っていたことがあります。

どうしてもと、淳がねだるので、ペットショップから買ってきたのです。

水槽を部屋の隅に据え、そこで淳はミドリ亀を飼いました。

淳はその亀に餌《えさ》をやり、一日のうち、何度も、飽きずに水槽のなかを覗《のぞ》き込んでいたものです。

しかし、マンションの部屋の空気が合わなかったのか、飼って間もなく淳が大切にしたこのミドリ亀が病気で死んでしまいました。

これがショックだったのか、淳は、家で亀を飼いたいとは、その後、言わなくなりました。

近くのAさん宅では、その亀を飼っており、淳の足は自然とAさん宅に向かったのでした。

そんな顔見知りで年下の淳を、A少年は殺したのです。

私は、少年の両親が逃げ隠れすることはとてもできないことだと考えています。少なくとも、真っ先に私たちの前に両親はやってくるべきだったと思います。それが人間として、最初にやるべきことだったと思っています。

私は、A少年とA少年の両親に対して民事訴訟を起こすことにしました。

それは私たちが事件の背景や少年審判の中身を知るためでもあり、そして責任の所在を明確にするためでもありました。

もちろん少年は医療少年院に入所しており、事件としては一応の終了となっております。

しかし、被害者の立場からすると、事件は何も終わっていないのです。本当の意味でいったい誰に責任があるのか、またどのようにこの事件の責任をとるのか、そういう肝心なことがうやむやになったままなのです。

少年の両親が少年を立ち直らせるということは、あくまで彼らが少年に対してその成育過程において、自らがおこなってきたことに対する「償い」でしかないのです。

「少年だから仕方がない」

「少年の更生のためには、被害者にも事実を知らせてはならない」

これでは、被害者は、犯罪被害を受けたうえに、法律のうえでも虐待《ぎゃくたい》されているという二重の被害を受けていることになります。

この少年がなぜかくも凶悪な犯罪を犯すに至ったのか、それに関して、少年の両親の関与は実際にはどのようなものであったのか。

また、犯行当時の少年、および両親の状況は漏れ伝わっているようなことが事実なのかなど、実際にはほとんど何もわかっていないのです。

私は弁護士の井関先生と乗鞍《のりくら》先生に相談したうえで、民事訴訟でその真実を知ることにしました。

淳が命を絶たれなければならなかった理由を親として、きちんと把握し、そのあとで淳に報告しようと思いました。

不信

七月十六日、水曜日。

夕方、私が勤務先の病院から帰ると、家には妻も敬《たかし》もいませんでした。

その留守を預かっていてくれた警察の山本さんが、

「いま、奥さんと敬君はうちの武田と一緒に犬を見にいっています。できたら、すぐに飼いたいといって出たから、もしかすると、二人が帰ってきたときには家族が一人、いや、一匹ふえているかも知れませんよ」

と、明るい表情でいいました。

刑事の武田さんは以前から、

「せめて犬でも飼《こ》うてみたらどうですか。犬を見ていると、少しはみんなの気持ちも和らぐと思いますが……」

と、折にふれて勧めてくれていたのでした。

当初は、妻も敬も犬を飼うことには乗り気ではありませんでした。

私も最初は同じ気持ちでした。

なぜなら、前にも触れたように、淳《じゅん》が三歳のときに、姉の飼っていた柴《しば》犬に鼻のあたまを咬《か》まれたことがあり、その後、淳がどんな小さな犬でも怖がるようになっていたからでした。

たとえ、淳がいなくなったとはいえ、淳の仏壇があるところで犬を飼うことには、私自身にも抵抗があったからでした。

しかし、かわいい子犬などの面倒を見ていれば、知らず知らずのうちに情がうつり、ずいぶんと気を紛らわせてくれるのではないだろうか。さらに、犬と生活することにより、一時的にでも悲しい気持ちがやわらぐのではないだろうか。

そんなことを考えるようになってきた矢先のことでした。

いまだに悲しみから抜け出せないでいる妻と敬の気持ちが少しでも落ちつくなら、天国にいる淳もきっと許してくれるだろうと思いました。

妻と敬はあまり乗り気ではありませんでしたが、私は計画を進めることにしました。

この計画を実行するために、前もってマンションの管理組合にお願いし、理事会の承認ももらいました。ですから、できるだけ早く犬を飼おうと思っていたのですが、それがこの日、実現することになったのです。武田さんは自分もプードルとマルチーズを飼っていて、そのプードルがお気に入りのようでした。

「サーカスで曲芸などをする犬は、ほとんどがプードルでしょう。賢くて、人間によくなつくからなんです。毛はほとんど抜けないいし、体臭も犬のなかでは少ないほうですから室内犬としても、理想的ですよ」

にこにこしながら、よく、そんな話をしてくれていました。

午後六時頃になりました。

妻たちが帰ってきました。敬の腕のなかには、一匹の小さな子犬が抱かれていました。目がぱっちりとしていて、アーモンドのような形をしていました。まるで子羊のように、ふんわりとした毛が全身を包んでいました。

この犬が、今日から私たち家族の新しい一員となったプードルでした。

「プードルって、ドッグショーでみる変わった毛のカットの犬としか思っていなかったわ」

「今まではもうひとつ、好きになれなかったけど、この子犬はまったく違うね。本当にかわいい」

妻と敬は、代わる代わる感想を話しては、そのつど、機嫌良く笑っていました。

この子犬はなぜか、その店で「さらら」という、すこし変わった名前がつけられていました。

私たちは、ほかによい名前が思い浮かばなかったこともありましたが、その名前がなんとなく気に入って、そのままこの子犬を「さらら」と呼ぶことにしました。

私はこの新しい仲間を家に迎えて、これからは妻も敬も明るく、和やかな気分で毎日を送ることができるようになることを、期待していました。

八月九日、土曜日。

この日と翌日の二日間は、近所の北須磨《すま》コープ前で〝ふるさと祭〟が開催される日でした。

敬が、

「いきたい」

というので、妻と子犬のさららを家に残して、二人で北須磨コープまで出掛けました。台風の影響を受けた風が、ぴゅーぴゅーと吹き抜けていましたが、そこにはたくさんの子供たちが集まっていました。

淳もこういうお祭りは大好きでした。

夜店や屋台の前に立ち止まっては、うれしそうな笑顔を私たちに見せてくれました。

たこ焼き屋や綿菓子屋さん、それから金魚屋さんの前に立ち止まっては、淳はよく、

「○○買って」

私たちにおねだりをしました。

私たちはどこにいくのでも、いつも家族四人で連れ立っていたのでした。

しかし今日は、敬と私のふたりだけです。やがてその敬も、祭りのなかで出会った友だちと一緒に、私を残してどこかに消えていってしまいました。それは、敬もやっと以前の中学生らしい生活を取り戻してくれた姿の、象徴のように私には見えました。

しかし、祭りの雑踏のなかに、ぽつんと一人で取り残された私は、急に寂しさを感じてしまいました。

目の前を、なかよし学級で淳と一緒だった子どもの手を引いた家族が、楽しそうに歩いていくのに気がつきました。

とたんに、淳の顔が瞼《まぶた》の裏に浮かんできました。

頭のなかは、いつの間にか淳の面影を追い求めていっぱいになっていました。私は視線をあちこちに動かして、この世にいないとわかっている淳の姿を捜してしまいま

した。やがて虚《むな》しい思いが、私の胸を満たしました。瞼から涙があふれてくるのを止めようがなくなりました。

涙に気づかれないように私は人の流れから外れました。

家にむかって私は歩きだしましたが、涙はいつまでも流れつづけていました。


八月十六日、土曜日。

この日の午後、玄関先の郵便受けを見にいくと、新聞の夕刊と一緒に、差出人の書いてない一通の手紙が入っていました。私には、それがA少年の両親からの手紙だと、すぐに分かりました。これより少し前、A少年の附添人をしている弁護士の一人が、人を介して私の両親に接触を図ってきたことがあったからです。

その接触の仕方が、なぜか、私でも思わず首を傾《かし》げてしまうくらい、実に回りくどいやり方だったのです。

まず、その弁護士は私の家の近所に住む知り合いに、私を紹介するよう頼んだそうです。しかし、その知人は私や私の両親とは一面識もありませんでした。

それでその人は、

「友人の弁護士に頼まれた」

といって、同じ町内の自治会の役員に話を持ちかけたそうです。

そんな経路で、私の耳に、

「A少年の両親が謝罪したいといっている」

という話が入ってきました。

しかもそのときの話では、A少年の弁護士がAさん夫婦に、

「被害者の家族に謝罪した方がいい」

と話し、そのうえで私の両親に接触してきたということでした。

このような形式的な謝罪の申し込みでは、被害者の家族は受け入れることもできないでしょう。

そんなときにこの手紙が届きました。

実は、私はその少し前に、A少年の母親がとった奇妙な言動を耳にしていました。

A少年の母親が、日頃、何かとお世話になっている妻の友人宅に電話をかけてきて、こういったというのです。

「ところで土師《はせ》さん、元気にしてる？　土師さんのところには、まだ警察がいるの？」

まるで、こちらの様子を探るために電話をかけてきたようです。

私と妻は、いまにいたって、なぜ、Aさんがこのような行動をとるのか理解に苦しみました。

A少年の母親には、私たちに本当に心から謝罪するという気持ちがあるのか、疑問に思いました。

私たち夫婦は、受け取った手紙に一応は目を通しました。

文面は紋切り型で、いかにも誰かに言われて書いたという感じがしました。私たちはその手紙を見ているだけで不愉快になってしまいました。思わずその場で破り捨ててしまおうかと感じたほどでした。

後日、女児殺傷事件の被害者宅に届いたという、A少年の両親からの手紙が一部の週刊誌上に紹介されていましたが、私が予想したとおり、それは私たちの家にきた手紙と一字一句、同じものでした。違っていたのは、被害に遭った子どもの名前と封筒に書かれた宛《あ》て名だけでした。

十月十七日、金曜日。

とうとうA少年に対する審判が決定されました。

前もって予想されたとおり、A少年は医療少年院への送致が決まり、それについて井垣康弘裁判官から審判決定要旨なるものが公表されました。

それにあわせて、私は以下のようなコメントを井関弁護士・乗鞍《のりくら》弁護士を通じて発表しました。少し長くなりますが全文を引用します。

〈この度、犯人の少年に対する保護処分が決定されました。形の上では、一応最終的な判断が示されましたので、この事件の社会的反響も考えますと、この機会に私共も何らかのコメントをした方がよいのではないかと思い、弁護士とも相談の上、筆をとりました。

まず最初に今回の決定に対してですが、私達被害者の心情というものを除いて、現在の少年法に照らして考えた場合、妥当な決定であり、公表された内容を見ますと井垣裁判官の誠意に溢《あふ》れた対応や、また苦労されたであろうことは非常によく理解できました。しかしながら、それは現在の法律に沿って理性的に判断した場合のことです。私達被害者の本当にやりきれない心情を想像して下さい。犯人の少年は、純粋で疑うことを知らない私達の子供を殺害しただけでは足らず、さらに酷《ひど》いことをしたのです。

そのように残酷な犯罪を犯しながら、犯人が十四歳の少年という理由だけで、犯した罪に見合う罰を受けることもなく、医療少年院に暫《しばら》くの間入所した後、前科がつくこともなく、また一般社会に平然と戻ってくるのです。

この事件に相前後して、同様の残酷な事件が発生していますが、これらの事件の犯人は精神的には幼稚でも、ただ実年齢が二十歳を越えているということで実名も出ますし、また例え犯人に人格的な障害が存在しても責任能力があると判断されれば、それなりの罰も受けるだろうと思われます。

私は少年法の精神は尊重すべきであると考えています。しかし事件によっては、加害者ばかりを優先した審判ではなく、被害者の心情をより考慮した審判がなされてもよいのではないかと思います。

以前から思っていたのですが、法律により犯人がその人権およびプライバシーを極めて手厚く保護されているのに対し、被害者およびその家族の人権やプライバシーは全く保護されていません。今回の事件においても、報道の名のもとに、悲しみのどん底に突き落とされた私達家族の人権やプライバシーは蹂躙《じゅうりん》され、通常の生活さえもままならない状況が長く続きました。その上に、私達の心に受けた深い傷を、さらに拡《ひろ》げようとでもするかのような心ない報道も多数みられました。

私達家族は、最近やっと少し落ち着きを取り戻してきてはいますが、子供を失った深い悲しみからはいまだに立ち直ることができない状態です。マスコミの方々には、私達家族の心情を察して頂き、そっとしておいてほしいと、切にお願い致します。

平成九年十月十七日

土師 守〉

また、A少年の両親も、この決定について新聞紙上でコメントを発表していました。

しかし、私たちは審判決定の内容がどうであろうと、ひたすら事件の真相だけを知りたいと思っていました。

そして、このような凶悪事件を起こした少年が、どのような家庭環境で育ち、親からはどんな育て方をされたのか、あるいは精神状態はどうだったのか。

真実を知るためにはそういうことが重要なポイントになると思っていました。

当然、ここではA少年の両親の責任問題も問われなければならないはずです。

そして、その家族をとりまく社会的な環境も論議されるようにならなければいけないと思っていました。

たとえば、これまでずっと、

「何も知らなかった」

といっていると報じられているA少年の両親は、本当にこの事件が寝耳に水だったのでしょうか。

ひょっとしたら、

「知っていたが、止めようがなかった」

のではないか。

三月からの〝犯罪〟の模様を記したA少年の「犯行ノート」は、警察によって彼の机の上から押収《おうしゅう》されたと聞いています。机の上に置いてあるノートに書かれている犯行メモを、親が果して何ヵ月も気づかないことを信じられるでしょうか。

疑問が多くなればなるほど、私たちが知りたい「真実」の重みは増すばかりでした。

私たちのように子供を犠牲にされた両親は、当然、事件全体の詳細を知る権利があるものと思っていましたが、実際には、何の権利も保障されていないことを知り、本当に愕然《がくぜん》としたものでした。

審判の状況を知ることもできず、また、私たち被害者のやりきれない辛《つら》い心情を審判廷で発言できないまま、審判は終わってしまいました。

少年法の壁は、私たち被害者の前に大きく立ちはだかりました。

被害者の親として、せめて審判決定書の全文を見ることぐらいできないものか。

審判の行われた家庭裁判所に被害者の親が出席できないのなら、せめて、法的代理人である弁護士くらいは傍聴させられないものか。

そんな当然のことすら、認められませんでした。

「せめて両親の供述調書と、A少年の精神鑑定書くらいは見せてもらえないでしょうか」

私は、審判に出席するという直接的な手段が不可能だとしても、事件の真相を知るために事件前後の両親の行動を知りたいと思い、これを要求しましたが、それもかないませんでした。

その結果、私たちは、審判について、ほとんど何も知らされず、何も発言できないという立場に終始させられてしまいました。

情報はすべて、新聞やテレビ、雑誌などによる伝聞でしか伝わってきません。

何が本当で、どれが間違いなのか、私たちには真実が何もわかりませんでした。

法律学者や社会学者などの口を借りた、推理まじりの情報ばかりが飛び交い、被害者に真実は何も知らされないという奇妙な制度を私たちは実感しました。

そのなかで、私たちが唯一《ゆいいつ》、救われたのは、裁判官の要請で事件の詳細を調べる役割を担《にな》う調査官と、会うことができたことでした。

その調査官を通じて、今回の審判に対する不満や、A少年およびA少年の両親に対する疑問などを私たちは述べることができました。

「何の罪もない子を、あんな無残な方法で殺害された親の言葉を裁判官に伝えてください」

私たちは正直に心のうちに思っていることを調査官に話し、審判の材料にしていただくようお願いしました。

A少年の母親と私の妻が特に親しかったわけではありません。

先にも触れましたが、小学校三年の時にも、淳はあのA少年にひどいイジメにあいました。

当時まだ小学六年生だったA少年は、知的発育障害を持った淳の弱みにつけ込んで、陰で殴ったり蹴《け》ったりしていたそうです。

三年生だった淳は、もちろん六年になった頃より言葉の発達は遅れていました。

淳には、そういうイジメにあっても、

「〇〇にやられた」

「〇〇にイジメられている」

といった訴えを先生にすることもできませんでした。

それをいいことに、A少年は淳を殴ったり、蹴ったりしていたのです。

そんなイジメが怖かったのか、小学三年当時の淳は、本当は学校が好きなのに、何度か学校にいくのを嫌がったことがあったそうです。

しかし、そのイジメもやがて発覚し、A少年は、それを知った当時の担任にひどく叱《しか》られることになりました。

淳の頭にはたんこぶができていました。相当きつくA少年に殴られたのだと思います。

「その時は、担任の先生がわざわざA少年を連れて、家に謝りにきたの。シクシク泣きながら〝ごめんなさい〟と素直に謝ったので許してあげたの」

妻はそういいました。妻はその後、学校から母親のAさんにこの件についての話があったかを確認するためもあり、念のためにA少年の家に電話をかけました。

学校からは連絡がなかったようで、妻は母親のAさんに事情を説明したそうです。

ところが彼女は、

「あの子は、六年生になってから仲の良かった友だちとクラスが別々になって、きっと寂しかったんやわ」

と、そんないい訳ばかりしたそうです。

最後まで〝ごめんね〟という謝罪の言葉は口から出なかったそうです。

A少年の母親には、私たちは不信感を抱いていました。

淳が行方不明になった五月二十四日、妻は淳がよく行っていたAさんの家にすぐに、電話で問い合わせをしています。

するとAさんからの返事は、

「最近は、ずっと来たことがないわね」

というものだったそうです。

しかし、Aさん宅のすぐ近所には私の両親の家があります。

ですから、淳は、まず両親の家に立ち寄ってから、Aさん宅に行くことが多かったようです。

「私はあの前日の五月二十三日にも、Ａさんのところにいったと、淳から直接聞いてたけど……」

私の母親はそういっていました。

「淳は、どこにいってきたん？」

と母が聞くと、

「Ａ君のとこ、いってきた」

こう淳は答えたそうです。

また、事件発生後も、代わりに買い物をしてあげるといっては、Ａさんが何度かうちにやってきましたが、妻に警察のことを尋ねていったことなども、いまから考えると奇妙な言動でした。なぜ、それまでは大した付き合いもなかった私たちのために、自分から進んで買い物の手伝いをしなければならなかったのでしょうか。

本当に、ただの親切心からだったのでしょうか。

そんな疑問さえ解明できる術《すべ》を私たちは持つことができませんでした。

現在、Ａ少年は関東医療少年院に入所しており、その意味ではこの事件も、社会的にはいちおうの終結を迎えてしまった形になっています。

しかし、私たち被害者の立場からは、何ひとつ納得のいく形で終わっているものはありません。

A少年の両親は、家庭裁判所から審判の決定が出たときに、こうコメントしています。

〈私たちにできることは、子供が治療を受けている間、いろいろな先生方のお力をお借りして、勉強しながら子供を受け入れる態勢をつくり、息子を立ち直らせることだと考えています。それが私たちにできる償いだと思い、どんな困難があっても、何年かかっても、やり通したいと思っております〉

A少年の両親が、自分たちの息子を立ち直らせること――それは先にも触れた通り、A少年の両親が自らおこなってきた過《あやま》ちに対しての、A少年への償いでしかありません。

「償い」とは、一般的に加害者側が被害者に対して使う言葉ではないでしょうか。

「子どもへの償い」

それは、私たち被害者へのものとは明らかに違います。私たちの存在についての意識がAさんには見受けられないように感じました。私たちは、A少年の両親は、自分たち家族のことを中心に考えすぎているように思えて仕方がありませんでした。

私たち被害者側の人間に対する謝罪の気持ちがあまり伝わってこないように感じました。

もし、そういう気持ちが少しでもあるなら、自らをさらけ出して欲しいと思います。

A少年と自分たちとの関係はどのようなものだったのか、A少年をどのような方針で育ててきたのか、どこで子どもの教育を誤ってしまったのか――少なくとも私たちだけにでも告げる義務がA少年の両親にはあったのではないでしょうか。

報道被害

新聞にしろ、テレビにしろ、ラジオにしろ、報道機関、マスコミというのは、ニュースや情報を正確に世間に対して広く伝えることを目的とした機関と思っていました。大人としての良識を踏まえた上で取材し、報道しているものだと、はっきり、芸能レポートなどとは分けて考えていました。

しかし、ここ数年の新聞記事やテレビのニュースには、非常識とも思えるような報道もあるような気がします。傷ついた被害者であるにもかかわらず、その人のプライベートのかなり細かな部分まで情け容赦なく暴《あば》き立てるという、思わず目を覆《おお》いたくなるようなものさえありました。

私はそういった新聞記事やニュース番組を見ながら、芸能人でもない一般の人が取材攻勢に曝《さら》されるのは耐え難いことに違いないとやりきれない思いを持つことがしばしばありました。当然ですが、その時は、後年、まさか私自身がそのような場所に立たされるとは思ってもみませんでした。

私たちが最初に〝取材〟に遭ったのは、須磨《すま》警察署で淳《じゅん》の遺体を確認し、激しいショックを受けた状態でマンション前に到着した時でした。

すでに何社かのマスコミ関係者が待ちかまえていて、私たちが乗ったエレベーターの中にまで入り込んできました。私たちの精神状態を全く忖度《そんたく》せず、土足で気持ちを踏みにじるような質問を浴びせかけ、彼らは強引に写真やコメントをとろうとしてきました。

その後の取材攻勢はすさまじいものでした。インターホンは数え切れないほど押され、電話も鳴りっぱなしでした。その日から連日、朝から晩まで多数のマスコミ関係者がマンションの周囲を何重にも取り巻きました。

これはもう、〝取材〟という名の暴力といってもいいのではないでしょうか。

私たちは淳を一度は家へ連れて帰ってやりたいと思っていました。淳自身もそれを願っていたに違いありません。しかし、あのすさまじい取材陣の包囲網では、そのささやかな望みすら諦《あきら》めざるを得ませんでした。結局、淳が家に帰ってきたのは骨になってからでした。

電話とインターホンによる取材攻勢はその激しさを一向に衰えさせることなくその後も続きました。淳の告別式直後までは、義兄や義弟がすべて対応し、取材を断ってくれていました。その後は私が電話やインターホンには出ることにしましたが、神戸新聞社へ犯人からの第二の手紙が来たときなどは、夜中の十二時頃まで、インターホンは鳴りやみませんでした。

しばらくしてから、警察の勧めもあってインターホンをTVモニター型のものに交換しました。以後は訪問の相手の顔を確認できるようになったので、かなり精神的負担が軽減されました。こういった状態は七月頃まで続きました。

こうしたマスコミの取材の陰に隠れて、無言電話もありました。ただ、これについては逆探知のお陰ですぐに犯人を特定することができたようでした。

一切の取材をお断りしていましたので、各社、あの手この手で私たちのコメントや写真・映像を撮ろうと近づいてきました。

「淳君の供養《くよう》をさせて下さい。小学校のところでも拝んできました」

とインターホン越しにいってきた人がいました。その時点では、私の家もTVモニター型のインターホンに交換していましたので、玄関前にお寺の僧侶《そうりよ》のような格好をした人がいるのがわかりました。様子をよくよく注意して窺《うかが》っていますと、その人の背後にカメラを持った人が隠れているのが分かりました。

「お気持ちだけで結構ですので、お引き取り下さい」

と伝えると、その僧侶は、

「私だけでも入れてください」

といって思わず、背後のカメラマンの存在を示唆《しさ》してしまいました。

ここまでする社はまれですが、執拗《しつよう》にインターホンから離れずに取材しようとする記者はかなりの数に上りました。

先に触れたように私が仕事に復帰した日。朝、出勤のために車を出そうとすると、目の前にマスコミ関係者が飛び出して行く手を遮り、車を動かすことができないようにしたうえで、フロントガラス越しに写真を撮ろうとしたことがありました。そばで待機していた警察の方がその記者を咄嗟《とっさ》に横に追いやり、そのおかげで車を出すことができました。

ある社は、私たちが住むマンションの駐車場の出入口の前に車を横向きに駐車し、車が出にくいようにして、私の姿を映像に収めようとしていました。写真さえ撮れれば何をしてもよいと考えているのでしょうか、我が子を殺された親の気持ちを思いやるという気が少しでもあれば、そうはできないように思います。

電話の方ではこんなことがありました。

犯人逮捕の少し前、病院に電話がかかってきました。

「高橋さんという方からお電話です」

と、交換が私に電話をつないできました。

病院の交換にはマスコミ関係の電話は断ってもらうようお願いしていたので、

「どちらの高橋さんだろう」

と思いながら電話に出ると、いきなり、

「質問に答えて下さい。この度の神戸の事件について、父親犯人説がでていますが、これについてどのように思いますか」

と叫ぶような声が耳に飛び込んできました。

私たちは子供をあのような酷《ひど》いやり方で惨殺《ざんさつ》され、激しいショックから立ち直れないでいました。しかし、マスコミはその私たちの心の傷をさらに拡《ひろ》げるようなことをしていたのです。

「報道」という大義名分があれば、何をしても許されるのでしょうか。

私を不快にさせるような、あるいは私を悲憤させるような言葉を吐いて挑発し、それに反応した私の言葉をコメントとして持ち帰るつもりなのでしょうが、被害者の気持ちを一顧だにしないそんなやり方が〝取材〟なのでしょうか。

犯人逮捕後も八月頃まではほとんど新聞の事件に関する記事は読みませんでした。週刊誌は手にも取りませんでした。また、テレビもニュースやワイドショーなどは一切見ないようにしました。

しかし、テレビ、新聞、雑誌などでは、私たちの名前や職業などの個人情報が連日、報道され、画面や紙面を賑《にぎ》わせていたそうです。私たちの名前や職業を四六時中、紙面や映像で流す必要がどこにあるのでしょうか。

事件そのものの究明をめざしたものではなく、私たちのプライバシーを暴くことが目的であるかのような報道も非常に多かったと聞いています。

私たち夫婦の学生時代の友人や仕事の関係者にも取材が多くあったそうです。私たち夫婦の馴《な》れ初《そ》めや、結婚生活の詳細や性格などが事件解明の何の役に立つというのでしょうか。

悲しみに暮れる被害者のプライバシーが何故《なぜ》、暴かれなければならないのでしょうか。興味本位の報道のために何故、再び傷つかねばならないのでしょうか。マスコミにそのような権利があるはずがありません。


この事件は非常に特異な事件であったために、世間の人たちにとっても興味の的だったと思います。そのような状況で私たち家族の実名や職業などが報道されてしまうと、一般の人たちの脳裏にそういった情報が焼き付けられてしまいます。さらに私の姓が変わっていて珍しいものですから、姓名だけでも簡単に個人の特定ができてしまいます。

事件の前には正確に読むことさえされなかった名前が、事件後は正確に読まれるようになりました。初めて入る銀行や郵便局でも、買い物をしてカードを出しても、その職員にはすぐにわかってしまいました。名前を呼ばれる場合には、周りの客にもわかってしまうのです。これは、被害者にとっては大変な精神的苦痛です。

私は他人の目が気になり、表を伏し目勝ちに歩くなどして、自然と自分の存在を隠そうとする癖のようなものがついてしまいました。大人の私ですらそうなのですから、長男の敬《たかし》は事件後極端に他人の目を気にするようになってしまいました。

マスコミ関係者が友が丘中学やその周辺で取材している時に、

「○○という名前の子を捜せ！」

などと叫んでいるのを聞いてしまってから、特に過敏になってしまったようです。

ただでさえ、大変な傷を心に受けたのです。その苦しい状況で、気力を振り絞って学校に通っている子供に、まるで犯人を捜すかのように、本来、知られることもなかった名前を見ず知らずの大人たちに連呼されて追い回されるということが、どんなに子供の心を傷つけたか。マスコミ関係者にはよく考えていただきたいと思います。

実名報道をされつづけて、いつしか、私たちは自分の名前を書くということに後ろ向きになってしまいました。というよりむしろ、書きたくないと強く思うようになりました。私の姓が珍しいため、他の人たちにすぐ分かってしまうからです。

「あの事件の……」と思っていることが、その人の目つきや態度から分かってしまうのです。その人たちに悪意がないことはよく分かってはいるのですが、そのように見られること自体がこの上ない苦痛でした。

匿名《とくめい》の一市民として地域社会の小さな均一化した要素のひとつとして生きるという穏やかな日常が私たちから去ってしまったのです。

私たちはそういった人たちの何をも知りえないのに、その人たちは私たちが何者なのか十分に把握している……。動物園の檻《おり》の中の動物と同じ構造です。その精神的な苦痛は決して小さなものなどではないのです。

現在の日本のマスコミの事件報道について私なりに思うことがあります。いくつか考えたことがあるのですが、特にはっきりと記しておきたいのは、被害者側の人間が見て嫌悪感《けんおかん》を催すような報道や取材は、慎むべきだということです。

被害者が子供なら、兄弟姉妹がいる可能性が高いと思われます。

両親の心情もいうまでもなく重要ですが、それ以上に気をつけてほしいのは、まだ心身の発育途上にある多感な兄弟姉妹たちのことです。兄弟姉妹が犯罪の被害に遭ったというだけで大変な傷をすでに負っているのです。

その上に傷を重ねてよいものでしょうか。そこをマスコミにはよくよく考えてほしいのです。

被害者とその家族の情け容赦のないプライバシーの暴露が、彼らの心に及ぼす悪影響を考えてほしいと思います。すでに大きな傷を心に受けた彼らが少しでも早く立ち直ることができるよう、配慮のある良識に照らした報道を徹底すべきだと思います。

社会の病理や歪《ゆが》みを正確に伝えるという報道の「公共性」「公益性」「(社会的)使命」等のために被害者のプライバシーをある程度、伝えなければならないというような意見があります。

事件解決に必要な情報という場合、どの程度までなら報道が許されるのかの判断は非常に難しい問題ではありますが、ある程度は仕方ないとは思います。

しかし、それ以外の場合、つまり、事件解決に何ら寄与するはずのない情報については、その流出はあってはならないことだと思います。具体的には被害者及びその家族がその人であると分かるような情報、実名であるとか、職業であるとか、肖像であるとか、については報道するのは反対です。また、そういった方々のプライバシーを侵害するような報道もやめるべきです。現状のマスコミの報道姿勢は興味本位の覗《のぞ》き見趣味を満足させることを目指しているように思えてなりません。

「報道」の名のもとに、被害者及びその家族にとってマスコミが新たな加害者になってはならないと思います。マスコミの持つ活字や写真や映像という表現手段には恐ろしいほどの影響力があるのです。このことをよく自覚した上で、節度ある報道を実践する義務があると思います。

この国では被疑者・被告人の権利は法律により保障されており、被疑者・被告人の人権及びプライバシーは法律によって極めて手厚く保護されています。特に被疑者が少年の場合、少年法によりさらに手厚く保護されています。すなわち、

家庭裁判所の審判に付された少年又は少年のとき犯した罪により公訴を提起された者については、氏名、年齢、職業、住居、容ぼう等によりその者が当該事件の本人であることを推知することができるような記事又は写真を新聞紙その他の出版物に掲載してはならない。

とされています。

それに対し、この国では被害者やその家族の人権やプライバシーは全く保護されていないといえます。私にはそうとしか思えません。

今回の事件が発生する少し前にも、殺害された女性のプライバシーが、これでもかというぐらいにテレビや雑誌等で報道されていました。それが真実かどうかは私にはわかりません。しかし、そのような報道が目に入るのは気分のよいものではありませ

んでした。殺害された上に、興味本位の覗き見趣味の対象として、真実かどうかもわからないようなプライバシーをえぐりだされているのです。

殺害された被害者の名誉も全《すべ》てぶち壊し、さらに、悲しみに沈んだ遺族の気持ちを土足で踏みにじるような行為に対し、この日本という国では何の規制もないのです。私はこのようなマスコミの行動には、前々から、嫌悪感を抱いていました。

今回の事件においても、報道の名のもとに、悲しみの底に突き落とされた私たち家族の人権やプライバシーは蹂躙《じゆうりん》され、通常の生活さえもままならない状況が長く続きました。その上に、私たちの心に受けた深い傷をさらに拡げようとでもするかのような心ない報道も多数みられました。

もちろん、事件そのものの報道は必要だと思います。しかし、本質的に事件報道とは異なる、不必要で、脱線、逸脱した、「報道」の名のもとに行われた「ペン」と「映像」の暴力のために、そっとしておいてほしいという私たち家族の淡い希望はまったく叶《かな》えられませんでした。

私たち被害者のプライバシーが踏みにじられ、傷ついた心をさらに痛めつけられるようなことをされても、誰も何もいいませんし、助けてもくれませんでした。気づいてもいなかったのかもしれません。私たちの場合は、警察のみがマスコミの私たちにたいする直接的な攻勢を抑えてくれただけでした。

それに反して、犯人の少年などは、写真が出ただけで、氏名も出ていないにもかかわらず、「少年の人権を無視している」と抗議が出て、さらには販売店はその雑誌を自主的に販売中止にしました。

これはどういうことなのでしょうか。それらの販売店が、被害者の人権を無視したような記事を掲載した雑誌の販売を、自主的に中止したという話は聞いたことがありません。加害者の人権を蹂躙した雑誌は売ってはならないという使命感に燃えても、被害者のプライバシーを踏みにじった雑誌は面白いから売って売って売りまくろうとでも考えているのでしょうか。

法務省人権擁護局というところがあるそうですが、被害者の人権に対しては何の対応もせず、放置しておきながら、犯人の人権だけは声高らかに擁護しています。私は、犯人の人権はどうでもよいといっているのではないのです。その前に擁護すべき人権があるのではないかと思うのです。

最近では、犯罪の直接的な関係者である被害者に対して刑事訴訟法はもっと配慮を示す必要があるのではないかという「被害者論」が日本でも取り上げられるようになってきたそうです。

被害者論各論として、まず被害者の手続的保護の問題があります。「第一次被害」を受け、刑事手続きから「第二次被害」を受け、さらに第二次被害をさけるために犯罪を届け出ないという形で「第三次被害」を受けると言われています。

この第二次被害、被害者が刑事手続きから受ける精神的物質的被害を最小限に抑えなければならないという考え方は、誰にでもスムーズに受け入れられると思われます。

ここに捜査段階における被害者の保護の問題があります。捜査段階においては、被害者は参考人として取り調べの対象とされ、また重要な証人として捜査に協力する義務を負いますが、他方で取り調べから第二次被害を受けることがあります。

公判段階では被害者は証人として召喚されますが、証人尋問における被害者保護についても明確な規定がないそうです。被害者の住所氏名なども開示されてしまうそうです。

これらのことは大変重大な問題だと思います。加害者は保護されているのにもかかわらず、何故、被害者だけが二重、三重の被害に遭わなければいけないのでしょうか。早急に解決のための論議をはじめなければならない課題だと痛切に思います。

被害者保護を進めるためには、弁護士による補佐人制度を考慮すべきとの意見があります。取り調べにおける第二次被害の防止、加害者との示談の締結、手続情報の開示など多くの局面で、法律に通じた補佐人の援助が必要という指摘もあります。私も、この意見には全く同感です。

被疑者、被告人には、国選弁護人という制度がありますが、被害者側には国選の補佐人のような制度はありません。被疑者は国費つまり税金で弁護人をつけてもらえ、人権等の権利が保護されるのに対し、被害者は、お金がなければ、自分たちの権利を守り、保護してくれるような弁護人を頼むことさえできません。そのため、さらに被害報道や警察の取り調べや、被疑者、被告人側の弁護人による二次三次被害にあうことになってしまいます。

私たちは、加害者、被疑者の人権やプライバシーを無視して良いといっているわけではないのです。彼らの人権やプライバシーを守ることは当然のことだと思いますが、その前に、被害者の人権やプライバシーがまず守られるべきではないかということをいいたいと思います。

少年法

少年法は一九四八年に施行されて以来、五十年以上、一度の改正も変更もないまま、多くの問題を孕《はら》みつつ、すべての少年犯罪に等しく適用されてきました。その少年法も二〇〇〇年十一月二十八日にようやく若干の改正が行われました。改正の骨子などは、「文庫版あとがき」で著者自ら触れていますが、この章は、少年法改正前の当時の著者の思いをそのまま記録することの意義を重くみて、改変なく、掲載いたします。したがって、この章でいう「少年法」は改正前の少年法ということになります。（編集部）

淳《じゅん》が亡《な》くなって一年が経過した一九九八年五月二十四日、私は新聞社の求めに応じて簡単な手記を代理人の井関弁護士、乗鞍《のりくら》弁護士を通じて発表しました。以下はその全文です。

〈『淳』が亡くなってからはや一年という時間が過ぎてしまいました。一九九七年五月二十四日という日を、私達は一生忘れることができないと思います。

あの日、午後一時四十分頃、『淳』は、「お爺《じい》ちゃんとこ行ってくる」の言葉を残して、私達家族の前から永遠に姿を消してしまいました。

一年が過ぎたこの時点で、私達家族の生活は一見はかなり落ち着いてきたように見えるかと思います。しかし、実際にはあまり変わったとはいえない状態です。

当初は時間が過ぎれば、少しは良くなってくると思っていました。しかし、『淳』をあのような状況で失ったことに対して、私達家族の悲しみは治まるどころか、増大してきています。

少年法の基本的な精神には私も賛同しています。非行を犯した少年の保護、更生を考えることは重要なことだと思います。しかしながら、被害者が存在するような非行、特に傷害、傷害致死や殺人などの重大な非行と、他の軽微な非行とを同列に扱うことは許されることではないと思います。非行少年に人権がある以上に、被害者には守られるべき人権があると思います。

憲法では、裁判は公開が原則です。被害者のいないような非行の場合は、状況も加味して非公開でも良いと思いますが、当然のことながら被害者の存在するような非行の場合は、少なくとも被害者側には公開すべきだと思いますし、被害者側は知る権利があると思います。

少年も一つの人格を持っています。人格を持っているということは、成人と同じではないにしても、自分の行動に対しても社会的に責任を持たなくてはいけないということです。成人の犯罪の場合よりは軽減されるにしても、非行の重大さに応じた罰や保護処分があって当然だと思います。非行少年を、甘やかすことと保護とは同義語ではないと思います。

あの忌《い》まわしい事件が起きてから、一年が経《た》ちました。私達にとりましてはあっと言う間に過ぎてしまったように思います。季節が変わり、周囲が華やいだ雰囲気になっても、私達のこの深い悲しみは一生消えることは有り得ません。

この悲惨な事件を教訓にして、私達のように悲嘆にくれる者が出なくなるように、この国が変わっていくよう心より願いたいと思います。

平成十年五月二十四日〉

一年以上を経た現在でも、この手記の後半の少年法についての考えは、大体の方向性においては変わっていませんが、より具体的な、踏み込んだ形での考えがまとまってきたので以下に記しておこうと思います。

私たちは、以前から少年法というものがあるということは知っていましたが、少年法がどのような目的で作られ、現実にどのように運用されているかについてはほとんど知りませんでした。私たちの子供が当時十四歳の少年に殺されるという事件に遭わなければ、少年法についての私たちの知識は今でも以前と同じ程度のものでしかなかったと思います。

十四歳の少年が被疑者として逮捕されたあと、少年法に基づいて手続きが進行していきました。しかし、私たちの心に溜《た》まった澱《おり》のような悲しみや憤怒《ふんぬ》はまったく晴れることはありませんでした。最愛のわが子を失うという悲しみ、淳を殺されたことのショックがすっかり心をふさいでしまっていたのは勿論《もちろん》、そうなのですが、しかし、それ以外にもまったく別の理由が、少年法そのものにありました。

いかに少年といえども犯した罪を考えるとあまりにも保護されすぎているのではないか、また、あまりにも被害者の心情を無視しているのではないかと、実際、少年法に接してみて感じざるをえませんでした。

マスコミが少年法のことを取り上げる機会が多くなり、いろいろと解説を加えていました。

それに伴い少年法についての私たちの知識も増えてきたと思います。

しかしながら、知識が増えたといっても、あくまでマスコミからの知識でしかなく、やはり十分に理解しているとはいい難かったと思います。そのため、やはり釈然としない気持ちは継続したままでした。

私は、悲惨な少年事件の被害者としてはやはりこのままではいけないと思い、何冊かの本を読んで、自分なりに現行の少年法について理解し、どこが問題なのかを考えてみようと思いました。

こうして、自分なりに理解した少年法の概観について、私なりの考えを加えて述べていきたいと思います。

もちろん、私は法律学者や弁護士などの専門家ではありませんので、誤った解釈や、理解が不十分なところは多いかと思います。しかし、被害者の立場からの本質的な問題だけはどうしてもいっておきたいのです。

まず、第一に、この法の存在の前提になるのは、

「少年法は非行のある少年を保護するための法律である」

ということです。少年法は、「非行少年の健全育成」をその目的としています。非行少年の健全育成とは、「少年が非行を克服し、成長発達を遂げること」です。この概念の本質は、いい換えれば、

一、少年が将来、犯罪・非行を繰り返さないようにすること、
二、その少年が抱えている問題を解決して、平均的ないし人並みの状態に至らせること、
三、少年が持つ秘められた可能性を引き出し、個性豊かな人間として成長するよう配慮すること、

の三点だと考えられます。

次に少年の年齢的定義は、以前の少年法では十八歳未満の者を少年と呼んでいましたが、現行の少年法では二十歳未満の者を少年と呼んでいます。後で述べますが、これは世界の情勢とは異なった方向で進んでいるようです。

また、対象としての非行少年を三群に分類しています。

犯罪少年……罪を犯した少年
触法少年……十四歳に満たないで刑罰法令に触れる行為をした少年
虞犯《ぐはん》少年……その性格又は環境に照して、将来、罪を犯し、又は刑罰法令に触れ

る行為をする虞《おそれ》のある少年

少年の非行といっても軽重、大小様々な形のものが様々な状況で、存在しているのでしょうが、恐らく、大半の事例は現行の少年法の運用でほとんど問題なく審判することができるのかもしれません。

少年が犯した非行が、私たちのような特に深刻な、遺族というような形の被害者というものをつくらない場合は、少年の保護を第一に考えることは、非常に大事なことだと思います。

しかし、少年が犯した非行が、そういった深刻な被害者を生み出す場合は、考える次元が大きく変わってくると思います。

一口に非行といいましても、多くの種類が考えられます。特に、殺人や傷害致死など凶悪な非行（犯罪）と万引きや窃盗《せっとう》などの軽微な非行（犯罪）とを同じレベルの非行として扱うことは、一般的な人間感情からは、完全に逸脱しているといえます。

非行少年に対する保護は重要ですが、全《すべ》ての非行少年が、保護に値するとはとても思うことができません。

凶悪な犯罪にもいろいろあると思います。傷害、傷害致死や意図した殺人などの凶悪な犯罪のなかでさえも、これらを同列に扱うことは甚だ不合理だと思います。私たちの子供は、完全にあの少年が殺そうと意図して、残虐《ざんぎゃく》に殺された挙げ句に、さらに酷《ひど》いことをされたわけです。

この凶悪犯罪を犯した少年が、万引きなどの軽微な犯罪を犯した非行少年と同じレベルで論議されることそのものが非常識ですし、実際許されることではありません。

しかし、現行の少年法では、非行そのものの質を問うのではなく、

〝要保護性のみを問う〟

ということなのです。というのは、どのような非行を犯したかではなく、非行の事実さえあれば、この非行少年には保護が必要かどうかということが問題になってくるだけなのです。そこには罪を糾明する、解明するという視点はおろか、罪悪感を持つ、持たないの確認すらないのです。罪も問わず、罰は勿論なく、どのような保護を施すかということだけが議論されているのです。このことは、少なくとも一般の国民感情からは完全に逸脱したものといえると思います。

偏《かたよ》った見方をすると、少年犯罪における被害者にとって、少年法とは加害者の利益のみを保護する法律であるといえるのではないでしょうか。少年に殺されたのだから仕方がない、運が悪かった、で済まされる問題ではないと思います。

深刻な苦痛を被《こうむ》った被害者が存在するような事件で、その被害者の権利、人権が無視されているのが少年犯罪事件です。現行少年法は、少年の起こした凶悪犯罪の被害者をなおざりにしているどころか、事件をおこされた方が悪いとでもいっているかのような法律に見えてきます。

少年審判は、非公開が原則になっています。憲法上は、

「裁判の対審及び判決は、公開法廷でこれを行う」

と定めており、裁判は公開が原則となっています。

しかし、少年審判は裁判とは異なっているわけです。審判においては、少年、保護者、その他関係者のプライバシーに関わる事実が開示されるということに加えて、人格的に未成熟な、長い将来のある少年に対しては、

「情操の保護」

と並んで、

「少年時代の過《あやま》ちを公衆の目から隠し、これを忘れ去られた過去に埋葬すること」

により、将来の不利益を避けるという重要な理由に基づいて、非公開の原則が採用されているようです。勿論、憲法に対する理論的根拠はあると思います。

しかしながら、審判を一般に公開しないことはまだしも、少年犯罪の被害者にさえも一切公開しないということは、被害者の知る権利を奪っているわけです。

どのような理由で、また、どのような状況で被害を受けたのか、その加害者はどのような人間か、その加害者はどのような環境で育ったのか、どうすればその被害を未然に防ぐことができたのか、などのことは、深刻な苦痛にあった被害者であればあるほど、知る権利があるはずです。

加害者を守るために、被害者がその権利を奪われるということは本末転倒ではないでしょうか。被害者にさえも非公開の審判、そのような審判が存在すること自体が異常なのではないでしょうか。

処分の厳罰化についてですが、処分の厳罰化が犯罪（非行）の発生率の減少には寄与していない、とする学識経験者の記事が、新聞等に掲載されているのを見たことがあります。

厳罰化した国で、犯罪発生率が低下するどころか、悪化しているということが根拠になっているのだと思いますが、これも奇妙な論理だと思います。

一つの社会の中で、処分の厳罰化をしたグループと厳罰化をしなかったグループとを現実に比較実験して、その事例をもって厳罰化の是非を考えることは不可能です。

仮にある国で、処分の厳罰化を敢行して、犯罪発生率が減らなかったとしても、それは、厳罰化したからこそ、その程度でおさまっているという考え方もできるのです。最近では、情報が社会にあふれています。そのため、多くの子供たちは、少年法のこともかなり知っており、何歳であればどのような処分が下るとか、逆にそのような処分には絶対ならないというようなことは知っていると思います。また、審判では、仲間がいればその仲間と口裏をあわせて非行事実を否認しつづければ、処分から逃れられるかもしれないなどという知恵を働かせることも充分考えられることです。

非行少年を更生させることを目指すのは、当然のことです。では、その第一歩に、何をなすべきなのでしょうか。

私は、なによりもまず、犯した罪を充分に認識させることが必要だと思います。その罪の意識が真の更生の第一歩だと思います。その意識が生まれないままでは、どんな指導も説教も彼らを更生へと導くことはできないに違いありません。

罪の意識は、被害者への謝罪の念と密接な関係があると思います。被害者やその関係者に対する痛切なお詫《わ》びの気持ちが、犯した罪への激しい後悔の念を導くのだと思います。

悲しみの底に深く沈んだ被害者や憤怒に震える遺族の姿を知るところから更生ははじまるのではないでしょうか。

少年法の対象年齢の問題ですが、旧少年法では、十八歳未満を対象としていましたが、現行法は二十歳未満に引き上げられています。

「児童の権利に関する条約」も、十八歳未満の者を「児童」としているようです。外国の少年法制においても、十八歳未満とするものが多いようです。

十八歳、十九歳は、成人か子どもかという議論をしばしば耳にします。

その年代は身体的、生理的にはほぼ成人に近い発達段階に進んでいます。とはいうものの、情緒的な成熟や社会化は身体的な発達と比例しているとはいい難いという意見があります。

しかし、それをいい始めると、二十歳代ではまだまだ人間的に充分成熟しているとはいえないという意見もありますし、極論すれば、ずっと成長し続けるものなのでそもそも成人という概念が無意味、或《ある》いは、人間という種は発達において個体差が大きく年齢で区切ること自体がナンセンス、ということも言えるのではないでしょうか。

法律的には、少年と成人を区別する場合、この人間の精神年齢は何歳であるというように、主観で年齢を決めるわけにはいきません。そうなると、暦年齢の上で線を引くのは仕方のないところだと思われます。私には十八歳といえば、例外なく、充分に大人だと考えてよいのではないか、また、十八歳であれば社会生活に必要な精神的な発達や知識も備わっているのではないかと思われます。

現行の少年法では、十六歳未満の年少少年はいかに重大な非行（犯罪）を犯しても、検察官に送致すること、いわゆる逆送、ができず、したがって刑事処分を科せられることはありません。

また、十四歳未満の少年にたいしては、刑事未成年者のため、たとえ殺人などの重大な非行を犯したとしても、犯罪自体が成立せず、触法少年として扱われます。

この年齢の下限についても、現行の少年法が定められた時点と現在では、社会状況も、経済状況も変化しており、この下限年齢を引き下げてもよいのではないかと思います。現在の少年たちは、いろいろな情報を持っており、少年法のこともある程度知っています。その上、昨今の実状では、小学校ですら、学級崩壊などの現象が多く見られるというような事態にまでなっているのですから、「法によって保護されているから、ここまでなら大丈夫」

というようなたちの悪い確信犯の子どもがますます増えてゆかないとも限りません。悪知恵ばかり働かせる、年齢の低い非行少年に対する処分も、勿論《もちろん》、慎重に行う必要はありますが、現状を考慮しながら、変えていく時期にきているのではないかと思います。

一九九八年八月、少年非行に対する調査結果を、警察庁がまとめて報告していました。

それによりますと、刑法犯少年は、少子化が進む中にもかかわらず、その数は増加し、凶悪化や、集団化が際《きわ》だっているということでした。さらに、刑事責任を問われない十四歳未満のいわゆる触法少年も大幅に増加しているとの結果でした。

我が国の現行少年法は、アメリカ合衆国の法制の強い影響のもとに制定されたそうです。

現在、その本家のアメリカ合衆国での少年法はどのようになっているのでしょうか。アメリカ合衆国では、州レベルと連邦レベル等で違いはあるようです。しかしながら、アメリカ合衆国の少年法制の歴史は、伝統的保護主義から、修正された保護主義へ、さらには厳罰主義へと変遷《へんせん》していったようです。

一九七〇年代末に制定されたニューヨーク州の法律では、「少年犯罪者」というカテゴリーを創設し、この少年を家庭裁判所の専属的管轄《かんかつ》権から外して刑事裁判所の本来的管轄に委《ゆだ》ねました。その結果、少年犯罪の軽重に応じて、その管轄権が家庭裁判所と刑事裁判所に分かれるという二元的構造に変えられました。「少年犯罪者」の事件は一般の刑事手続きで処理され、一般の成人犯罪者に対するものよりはある程度緩和された刑罰が科せられるということです。

カナダでは、「若年犯罪者法」というものがあるそうです。この場合の若年者の範囲は、十二歳以上十八歳未満です。

この法律における対象犯罪は連邦刑罰法規違反の犯罪行為に限定され、そのような犯罪に至らない軽微な問題行動はすべて「社会福祉法」の領域に委ねられているそうです。他の特徴としては、犯罪の重さと均衡のとれた罰としての処分が科せられるということです。勿論、成人刑事手続きとの相違点も多く、やはり、犯罪行為に対する責任追及について、成長発達の途上にある少年の「特別なニーズ」を考慮することや、成人に比し、より厚い権利と保護手続きが保障されていることなどです。

これらの法制は、「小さな大人」観に立脚しているということです。すなわち、犯罪少年の多くは、成長発達の途上にあるとはいえ、自己決定能力を備え、したがってひとつの人格としての権利の主体であると同時に、社会に対して一定の責任を負うべき存在として位置づけられているからだそうです。

私には、こういった考え方はスムーズに受け入れることができるものです。少年とはいえ、ひとつの人格をもった存在です。ただ単に、権利ばかりを主張するだけでなく、自分の行動について、一定の責任を負うことは至極当然のことと思います。

供述調書

一九九七年の二月十日に須磨《すま》地区で起きた女児殴打《おうだ》事件は、その後つづいたA少年による一連の凶悪事件の幕開けとなりました。

そして、この日は奇《く》しくも私たちの次男、淳《じゅん》の誕生日でもありました。

その殴打事件があった年のその日。妻が淳の誕生日を祝って淳が好きな料理を作り、私たちは心からのプレゼントを淳に贈って、その夜は家族全員で楽しく過ごしました。

当時、この事件のことは、なぜか公《おおやけ》にされなかったので、もちろん、私たちは何も知りませんでした。

続いて三月十六日に起きたのが、あの通り魔事件でした。この時は新聞やテレビなどで事件のことを知りました。

事件の現場が家の目と鼻の先で、あまりにも近くだったので、私は、

「恐ろしいことが起きてるんやなあ。敬《たかし》も淳も気をつけなあかんで」

と、妻もまじえて話をしたものでした。

そして、私たちの運命を大きく変えたあの五月二十四日がやってきたのでした。

それから、年も明けて一九九八年二月九日。世間の人たちがやっとこの事件を忘れはじめようとした頃、突然、予想もつかない出来事が起きました。

しかも、それは私たちの神経をずたずたにするような「事件」でした。

生きていれば、淳の十二歳の誕生日。その前日だったので、特に私には忘れられない日となりました。

この日の夕方四時を回った頃でした。

兵庫県警捜査一課の刑事さんから、携帯電話に電話が入りました。

「明日発売の文藝春秋と日刊ゲンダイになにか載るらしいですよ。気いつけとってください」

そんな内容でした。

また、マスコミが何かやってくる。

今度はなんだろう——私はそう思いながら、病院の売店に試しにいってみました。

するとそこには、明日発売のはずの月刊『文藝春秋』がすでに並んでいます。目次には、〈少年A犯罪の全貌《ぜんぼう》〉という大きな活字が躍っていました。

さっそく、そのページを開いてみると、そこにはA少年の供述調書と思われるものが載っていました。最初に載っている解説めいた文章をパラパラとめくっただけで、私は読むのをやめてしまいました。

調書の内容は、私がとても耐えられるものではないと想像できたからです。

井関弁護士からも、間もなく電話がありました。

「文藝春秋が、調書を載せるという話ですが」

と、井関弁護士。

私が、

「検事調書ですか」

と答えると、

「もう知ってるの？」

と、井関弁護士は少し驚いた様子でした。

「ええ、もう買いました」

私が答えると、

「どんな内容なの？」

「見る気がしないんで、読んでないんです」

「そうだろうなあ」

そんな短いやりとりがありました。

井関弁護士はマスコミからコメントを求められていたようでした。

マスコミが私たち遺族のことをなにも考えない報道を繰り返していることは、これまでも痛いほど経験しています。

井関弁護士にも、

「またか」

という思いがあったのだと思います。


〈遺族の心情を考慮すると問題だ。興味本位で読まれるのはつらい〉


井関弁護士がマスコミに出してくれたこのコメントがその時の私の気持ちを正直に代弁してくれています。

あの供述調書をわざわざ出す必要がいったいどこにあったのか、私にはどうしても理解できませんでした。

あんな酷《ひど》いめにあわされた上に、被害者をさらにこんな晒《さら》し者にするようなやり方には納得できるはずもありませんでした。

翌日の十日は、淳の十二歳の誕生日となるはずの日でした。

私はこの日、午後から休みをとり、妻と一緒に淳への誕生日プレゼントを買いに出かけました。

西神にあるショッピングセンターで、淳の好きだった〝レゴ〟のブロックを買いました。

夕方には、警察から電話がありました。

「マスコミとかは来てませんか？」

供述調書の騒動で心配した刑事さんからのものでした。

そのあと、淳の好きな食べ物を妻がいろいろとつくって仏壇に供えてやり、家族だけで淳の誕生日を過ごしました。

一年前は私の両親をまじえた六人で淳の誕生日を祝ったものでしたが、この日は本当に静かな日となりました。

供述調書のことは、家族の間でひとことも話題になりませんでした。

多分、それぞれがその話を避けていたのだと思います。
やりきれない、そして静かな淳の十二歳の誕生日でした。

卒業、そして一周忌

一九九八年三月二十四日火曜日は、多井畑《たいのはた》小学校の卒業式の日です。

この日は、橋本厚子校長をはじめ先生方、神戸市教育委員会などのご配慮で、淳《じゅん》の卒業証書が渡されることになっていました。

これまでも毎月の月命日である二十四日になると、淳の担任だった先生が花束をもって家に来てくださったり、いろいろな行事があるたびに、小学校の先生方や友だちが、よくうちに顔を出してくれていました。

そして、あの告別式の時に、

「淳くん、一緒に卒業しようね」

と、友だちが弔辞を読んで約束してくれたこともあったのでしょうか。今年の二月頃になると、橋本校長から、淳もほかの友だちと一緒に卒業させてもらえることになったという嬉《うれ》しい話がありました。

卒業式は午前十時からでしたが、その時間だと大勢のマスコミが待ち構えていると思ったので、三十分ほど早めに車で家を出、運動場の方から学校に入りました。

体育館で卒業式は始まりました。

演壇側に卒業する六年生たち、先生方や在校生は六年生に向かい合う形ですわり、保護者はその両側に座りました。

橋本校長は演壇ではなく、フロアで一人一人に卒業証書を渡していきました。

次は淳のいた六年二組です。出席番号順に卒業生が呼ばれていきます。

淳の番がきました。

「土師《はせ》……淳」

担任の先生が淳の名前を読み上げました。ほかの児童の時は「ハイッ」と返事があるのに、当然、この時だけありません。

胸に迫るものがありました。涙がこみ上げてきました。

周囲の保護者席からもすすり泣きの声が聞こえてきました。

淳の同級生が二人、前に進み出ました。一人は淳の写真を持ち、もう一人が淳の代わりに卒業証書を校長先生から受け取りました。

私たちは、その姿を淳と重ねあわそうとしましたが、涙のためか、はっきりと見ることができませんでした。

卒業証書の授与のあとは、橋本校長のお話でした。

先生は、話の中で事件や淳のことに触れてくれました。

式も終わりに近づきました。

壇上に卒業生が上がり、この六年間にあったことをそれぞれの児童自身が、次々に語っていきました。

運動会のこと、遠足のこと、そしていろいろな行事のことと共に、小学校の六年間の思い出が児童自身の口で語られていくのです。

それと共に、それに関係する歌が壇上に上がった六年生全員によって合唱されていきました。

「五月、忘れられない、悲しい暗いできごとがありました」

ある児童がそういいました。

「僕たちの大切な仲間、淳君を失いました」

次の児童がいいました。

「修学旅行の夜、みんなで海をみながら歌いました」

その次の児童がそういいました。

「淳君の好きな歌だった……」

別の児童がそういいました。

会場は静まりかえりました。

沈黙が流れました。

曲目をいうはずの児童が涙で言葉に詰まったのでした。

静寂がつづきます。一分以上たったでしょうか。

「〝翼をください〟」

その児童によって曲目がやっと告げられました。涙声でした。

大合唱が一斉に始まりました。

この歌は淳が大好きな歌でした。淳があんまり好きなので、私がCDを買ってあげたこともある思い出の曲です。

今
私の
願いごとが
叶《かな》うならば

翼が
ほしい
みんなの歌声は、だんだん大きくなっていきました。
私に新たな涙があふれ出てきました。
ここでこの歌をみんなと一緒に唄《うた》うことのできなかった淳のことを思うと、あとからあとから私の頬に涙が伝いました。
泣きながら歌う淳の友だちの姿も見えます。

子供の時
夢見たこと
今も同じ
夢に見ている

先生も保護者の方たちもみんな泣いていました。
体育館の中が、歌声とすすり泣きの声でいっぱいになってしまいました。

悲しみのない
自由な空へ
翼
はためかせ

妻は、演壇の方を正視することができませんでした。うつむいてハンカチを目にあてたままその歌声を聞いていました。


こうして、卒業式は終わりました。

卒業式には、案の定、何人かのマスコミの人たちが多井畑小学校に来ていました。さすがに学校の中には入れてもらえなかったので、記者やカメラマンたちは校門の前に立ち、父兄たちから感想を聞くために、その帰りを待ち構えていました。

私はこの日のために用意したコメントを紙に書き、事前に弁護士の井関先生を通じてマスコミの人たちに配付してもらっていました。

〈この度、同級生と一緒に淳が多井畑小学校を卒業させていただけることになりました。事件後も、同級生や先生方が残りの学校生活を淳と一緒に過ごしてくれました。

さらに、同級生と一緒に卒業できたうえ、卒業証書もいただくことができ、私たち家族には本当に慰めになりました。

校長先生はじめ関係者各位のご配慮に、心からお礼を申し上げたいと思います。

平成十年三月二十四日〉

本当に思い出深い、一生忘れることができない卒業式でした。

やがて、淳の一周忌がやってきました。

一九九八年五月二十四日、日曜日。

淳がいなくなったあの日から、一年がたちました。

私たち家族にとって、あっという間のようでもあり、長い長い月日のようでもありました。

この日、昼十一時から、明石の月照寺で淳の一周忌法要がいとなまれました。

月照寺は、JR明石駅から徒歩十分足らずの人丸山にあります。弘法《こうぼう》大師が現在の明石城跡の位置に建立《こんりゅう》し、標高百メートル足らずの人丸山頂上に移築された古刹《こさつ》です。

　ほのぼのとあかしの浦の朝霧に島隠れゆく舟をしぞ思ふ

古今集におさめられ、柿本人麻呂《かきのもとのひとまろ》の作と伝えられるこの歌は、ひょっとしたら明石海峡を一望でき、淡路島を間近に望むことのできるこの人丸山で、詠《よ》まれたものかもしれません。

この日は、私たち家族、私と妻の両親、姉一家、妻の弟と私の叔母夫婦が月照寺に集まりました。

本堂で読経《どきょう》、焼香のあと私たちは境内の墓地に淳の納骨をすませるべく外に出ました。墓地はお寺の山門の西側にあります。

月照寺の隣には、柿本人麻呂を祀《まつ》った柿本神社もあります。

明石海峡大橋や淡路島を望むことができ、JRや山陽電鉄の電車も眼下に見ることができるこの場所には観光客が絶えません。

淳は乗り物が大好きでした。ここからなら、電車だけでなく明石海峡をいきかう船も見ることができます。

私たちはこの三月、ご住職に相談して、両親が須磨《すま》区内に自分たちのために用意していたお墓をこちらの方に移してきたのでした。お寺の中の墓地なら、静かな読経が毎日、聞こえてきます。

私と妻は、淳が寂しがらなくて済むこの場所が一番の供養《くよう》になると考えたのでした。

小雨が降り始めました。

ひもをといて、箱から骨壺《こつつぼ》をとりだし、淳の骨はお墓の中に納められました。

——慈眸淳心禅童子《じぼうじゅんしんぜんどうじ》

それが淳の戒名です。

眸《ひとみ》は黒い瞳のことで、心が澄んでいるという意味もあり、淳の純粋さからご住職がつけてくれたものです。

ご住職の読経を聞きながら、私たちは静かに手をあわせました。

それから、私たちは、ご住職が淳を慰霊するために特別につくってくれたお地蔵さんのある山門に歩いていきました。

三月にできたばかりのこのお地蔵さんは、かわいらしい表情で淳がちょっと微笑《ほほえ》んだ顔によく似ています。

「地蔵があんまりかわいいんで、淳君と地蔵の関係を知らない人も手をあわせていきますよ」

ご住職は私たちに教えてくれました。

私たちは、ご住職がお経をあげてくれている中、順番にお地蔵さんに手をあわせました。

「淳ちゃん、淳ちゃん」

私の母が、何回か淳の名を呼び、お地蔵さんの頭をやさしく撫《な》でました。

私と妻は、潤《うる》んだ目でそのようすをじっと見ていました。

あとがきにかえて

一九九八年八月。淳《じゅん》が亡《な》くなってから二回目のお盆がやってきました。月照寺のご住職が、私たちの家にこられ、お経をあげてくれました。

その場には、いつもの月命日と同じように、私たち家族と私の両親の五人だけがいました。そしてご住職の読経《どきよう》の中、いつもの月命日と同じように、全員が順番に焼香をしてお盆の法要は終了しました。

私は、淳が亡くなってから早や二回目のお盆がきたのかと、悲しみに加え、感慨深いものを感じました。

私の両親は今年（一九九八年）の四月中旬から毎日かかさず、淳が命を絶たれたあのタンク山に、夫婦で朝早くに登っていっています。そして淳が好きだったお菓子や花を供え、二人で一緒に手をあわせています。この毎日の行事は、私の両親が少しでも淳の供養《くよう》になればとの気持ちからはじめたものでした。

私たち夫婦は、淳の一周忌がすんだ後も毎週かかさず菩提寺《ぼだいじ》である月照寺にいき、お墓まいりをし、花を供え、手をあわせています。そして、月照寺から眺めることができる、淡路島や明石海峡そして開通したばかりの明石海峡大橋を見ながら、

「淳もお墓の中から、きっとこの景色をみていて、喜んでいるんだろうなあ」

と思うようになっています。

淳が亡くなってから、一年数ヵ月が過ぎました。私たち家族にとっては、淳を失った心の傷は本当の意味では一生涯癒《い》えないと思いますし、また、一生涯忘れてはいけないものだと思っています。

私は、この一年少しの間に表面的には、とりあえず少し落ち着いてきたように思います。そのため私自身、この事件をもう一度振り返る余裕が少しできる状態になってきたように思います。

私は、淳の二回目のお盆を迎えるにあたり、私たち夫婦の大事な子供、淳が殺害されたこの事件について、もう一度考え直してみることにしました。

このまま誰にも何も話さず、ただ沈黙を保っているだけでよいのだろうか。私たち自身それで納得しているのだろうか。このまま この事件を風化させてしまってもよいのだろうか。

淳が行方不明になったとき、私たち家族がどれほど心配し、どのような気持ちで淳を捜し回っていたのか。淳が遺体でみつかったときやその後の私たち家族の驚愕《きょうがく》や深い悲しみ。さらに私たちの悲しみに追い打ちをかけるようなマスコミ関係者の強引な手法等々。

この事件については、多くの新聞や雑誌関係も特集を組んでいましたし、また、たくさんの本も出版されたようです。

しかし、これらの多くはやはり加害者側の問題点などを中心にしたもののようでした。被害者側の心情というものを、中心にしたものはまず無いと思います。

被害者側の心の軌跡を、当事者ではない人達が、取材はするにしても想像を主体にして、記述したり論評することが本当にできるのだろうか。

やはり、被害者側のまさに当事者からの真実の声を出すことは必要なのではないだろうか。

自分なりにいろいろと考えてみました。その上で、やはり当事者から出た真実の声なしに、このような事件を理解することは絶対に不可能ではないかという考えにたどりつきました。

被害者側の気持ちや心情を発表する場合、インタビューに答える受動的な方法と、自らが手記を出すという能動的な方法があると思います。

インタビューに答えるというかたちで、自分たちの気持ちや考えを出す方法の場合は、私たちの労力が少なくてすみますし、私たちの表現力はあまり必要とはしないため、簡便にできると思います。

しかしながら、この方法ですと、インタビューをする側の考え方に沿ったかたちの記事になってしまいます。書いている人の筋書きに沿って、インタビューした内容を適当にあてはめていくという結果になってしまい、私たちがいいたいこととは異なった内容になってしまうという危惧《きぐ》があります。

本にする場合は、私の文章力が大きな問題になってきます。

私たちのいいたいことを、充分に理解してもらえるだけの文章を、普段文章を書き慣れていない私のような人間が書くことは非常に困難なことだと思います。

しかしながら、マスコミの方が考えた筋書きではなく、少なくとも私たちの感じたまま考えたままを表現できることは何ものにも代え難いことだと考えました。
そのため、文章は拙《つたな》いものではありますが、この事件における〃私たち、被害者の遺族の心の軌跡〃を、自分なりに偽りのない形でまとめたものとなりました。そしてこの度、新潮社の協力を得て、出版の運びとなりました。

今回の事件では学校関係者、ＰＴＡ、自治会、それに私の勤務する病院等、多くの方々には、大変助けていただきました。また、その他にもたくさんの方々から励ましや慰めの言葉を頂きました。このことについては、本当に感謝していますし、また、人間の優しさというものを、あらためて感じさせられました。

しかし、多くの方々の励ましや慰めとは反対に、多くの嫌がらせもありました。その数は少なくはなく、五つのうち一つの割合で嫌がらせがあったと思います。郵便や電話などによる嫌がらせですが、その中には何がいいたいのか理解に苦しむものもありました。

最も酷《ひど》い嫌がらせは、事件発生後まもなくにきたものでした。それは一通のハガキで、人間の首を切った絵を描いていました。

その絵の横には、

「母親よ！　今度はお前の番だ！」

と書いていました。

子どもの死に非常なショックを受け、悲嘆にくれる遺族のもとにそのような嫌がらせをするとは、一体どのような神経の持ち主なのでしょうか。さすがに、妻には見せることはできませんでしたので、警察の方にこのハガキは渡しました。

他にも、酷い嫌がらせがありました。それは、まだ犯人が逮捕されていないときのことでしたが、それもやはりハガキで送られてきました。

そのハガキには、

「淳君が泣いています。お父さん、はやく自首しなさい」

と書かれていました。

心優しい人達がたくさんいるのとは反対に、このように心の貧しい人達も多く存在しているのも事実です。

本人たちは遊び半分、冗談のつもりでしているのかもしれません。しかしこのような行為が、私たち被害者の気持ちをさらに落ち込ませてしまうのです。

このような、被害者の家族に対する嫌がらせなどは、一般的にはまず報道されないことだと思います。

今回の事件でも、多くの新聞や雑誌などが、A少年についての特集記事を組んでいました。

この類希《たぐいまれ》な凶悪な事件を起こした少年が、一体どのような家庭環境でどのように育てられたのか。どのような社会的な環境で育ったのか。何が原因で、あのような人間性が形成されたのか。これらのことは、本当に充分に検討する必要があると思います。

また、この事件の後にも、凶悪な少年犯罪が相次いで起こりました。

現行の法律ではもう裁ききれないこれら凶悪な少年犯罪と正しく向き合うためにも、問題を漠然とした「社会」「世間」「時代」などの責任にするべきではないのではないでしょうか。

そのためには、特に幼年期からの家庭における情操教育の重要性を強く感じましたが、現代社会の価値観が大きく関与しているように思いました。

今回の事件では、私たち家族は絶望と悲しみのどん底に突き落とされてしまいました。

私たち家族が本当に愛していた淳の死を無駄にすることなく、社会がよい方向へと変わっていって欲しいと心より願って止《や》みません。

最後に、事件当時に淳の捜索等に協力して頂きました方々、また、本書の出版にあたりご尽力を頂きました新潮社の方々には、心よりお礼を申し上げたいと思います。

本書執筆にあたり、次の書籍を資料として参考にいたしました。書名をあげてお礼にかえさせていただきます。

『少年法入門』（有斐閣ブックス）澤登俊雄著

『刑事訴訟法を学ぶ』（有斐閣選書）松尾浩也・鈴木茂嗣編

文庫版あとがき

今年の二月十日は、亡《な》くなってから五回目の淳《じゅん》の誕生日でした。この日はちょうど日曜日で、三連休の真ん中の日でした。私たち夫婦はいつもの週末と同じように菩提《ぼだい》寺《じ》である月照寺に行き、お墓参りをしました。

いつものようにお墓に花を供え、手をあわせました。そしていつものように月照寺のご住職が淳を慰霊するために特別につくってくれたお地蔵さんのところに行き、同じように花を供え、そして手をあわせました。

私たち夫婦は、一周忌に淳のお骨を納骨して以来、週末には欠かさず月照寺へお参りに行っています。淳の菩提を弔うこと、そして淳が一人で寂しい思いをしないようにという気持ちからずっと続けてきましたが、時が経《た》つのははやいもので、淳が亡くなってからもう五回目の誕生日がきたのかと、いい知れない大きな感慨に包まれました。

淳の最後の誕生日になった一九九七年二月十日は、くしくもあの少年Aが最初におこした傷害事件の日でもありました。

淳がいなくなってからの五年近くの間、本当にいろいろなことがありました。特に最初の数ヵ月は異常な状況が続き、私たちも現実感のない、空虚で、絶望としかいい表しようのない感覚で過ごしていました。

淳が行方不明になり、三日後無惨な状態でみつかったこと、その後の凄《すさ》まじい取材攻勢、そして告別式での最後の別れ……、一連のことは昨日のことのように今でも思い出すことができます。しかしながら、それが現実感を伴ったものかとなると全く違ってきます。やはり、当初はどこかテレビか映画の映像を見ているような非現実的な感覚での記憶で、時を経て現実であったことを再確認するような感じでした。

その後、犯人の逮捕、精神鑑定、少年審判の決定とその年のうちに本当にばたばたという感じでありました。

淳の一周忌を過ぎた八月には加害少年とその両親を被告とした民事訴訟をおこし、

九月には新潮社から『淳』を出版と慌《あわ》ただしくすごしました。

翌年の一九九九年もまた同じように慌ただしい年でした。残された長男の高校進学、次いで私たちが起こした訴訟の判決がくだされました。被告側は事実関係については争わないという立場でしたので、その時は調書等の私たちが見たかった情報は一切見ることができませんでしたが、判決により加害少年及び両親の責任が認定されたことが、私たちにとっては最も重要なことでした。

そして、その直後には私たちを非常に困惑させた加害少年の両親の手記が文藝春秋より出版されました。私たちはこの手記の出版の話を聞いたときには、代理人の井関弁護士を通じて、被害者遺族の感情を考慮して出版を止めて欲しい旨の要求をしましたが、受け入れてもらえませんでした。

重大な事件も発生しました。四月には山口県光市で本村洋さんの妻子が当時十八歳の少年に暴行目的で殺害されました。十二月には京都の日野小学校で中村俊希君が当時二十一歳の犯人に無惨に殺害されました。

翌年の二〇〇〇年は、重大な事件が続き、そして私にとっても一つの節目になった年になりました。

五月上旬に相次いで十七歳の少年による凶悪な事件が発生しました。愛知県豊川市での主婦殺害事件、そして引き続いて福岡の西鉄バスジャック事件が発生しましたが、これらの事件を起こした犯人は淳を殺害した少年Aとは同学年にあたり、どれほど凶悪な犯罪を犯しても死刑にはならない年齢の少年でした。十二月末には、兵庫県御津町でタクシー運転手が十七歳の少年に殺害されました。そして十六歳の少女が共犯でした。

節目になったこととして、一つは五月に「全国犯罪被害者の会〈あすの会〉」の代表幹事の岡村勲弁護士にお会いし、私もメンバーの一員に加わり、およばずながらお手伝いを始めたことでした。同年九月には大阪で「全国犯罪被害者の会」主催の第二回シンポジウムが開催され、私も他のメンバーとともに参加しました。

そしてもうひとつ、私にとって大きな出来事は少年法改正問題に関して、十月十七日に衆議院の法務委員会で参考人として山形マット事件の児玉昭平さんとともに意見を述べたことです。その後若干の紆余曲折《うよきょくせつ》はありましたが、十一月二十八日に衆議院で可決、成立し、私たちが求めていたものに比較すると不十分なものではありましたが、成立後五十年ものあいだ改正することができず、少年犯罪の被害者やその遺族を苦しめ続けた少年法がやっと改正されました。

二〇〇一年も多くの事件が発生しました。日本国民を震撼《しんかん》させた大阪教育大学付属池田小事件、明石の歩道橋事件、尼崎の児童虐待殺人、中国自動車道での女子中学生放置事件など、あいかわらずでした。

私自身のこととしましては、五月に兵庫県における民間の被害者支援センターの設立準備委員会のメンバーにはいり、他のメンバーとともに設立準備にたずさわりました。この民間の支援センターは警察庁が推進しており、兵庫県は神戸市という大都市を持つ県としては、他の都道府県に比べ設立が遅れていました。

準備委員会のメンバーとしては、私たちの代理人である井関弁護士をはじめとして弁護士が四人、兵庫県臨床心理士会会長の杉村武庫川女子大教授をはじめとする臨床心理士の大学教授が四人、阪神淡路大震災のあとの精神的なケアに尽力した兵庫こころのケア研究所の研究部長である加藤先生をはじめとする精神科医が二人、いのちの電話を主催する神戸ＹＭＣＡから二人、そして私を含め全国犯罪被害者の会のメンバーから二人というのが構成メンバーでした。

兵庫県は他の都道府県に比べ設立は遅れましたが、設立メンバーの中に被害者遺族が入っているという他にはない大きな特徴がありました。このことは被害者支援においては非常に重要なことです。実際に被害に遭っていない人が頭の中で考える被害者支援と、実際に被害に遭った人が求める支援とはかなり隔たりがあります。被害者遺族がメンバーに入ることにより、現実に被害者が求める支援に近づけることができ、また支援の無駄を省くことができるからです。

そして今年、二〇〇二年一月十二日に、民間の「ひょうご被害者支援センター」がやっと設立され、同時に記念シンポジウムが開催されました。現在、私も役員の一人として活動を続けています。

報道被害についても本の中で記述しましたが、私たちの場合は本当に凄まじいばかりの取材攻勢でした。事件発生後二～三ヵ月は特に酷《ひど》い状態でしたが、井関弁護士に代理人をお願いしてからは、直接に自宅に来られることが減少したため、精神的にも非常に楽になりました。当初から代理人をお願いしていたら、かなり報道被害も防げたのではないかと思っています。

私たちの子供の事件以降、さすがにいきすぎた取材に対する批判が強くなってきたため、マスコミ関係者もある程度自粛するようになってきたようです。現在では、私たちの場合に比較すれば、かなり改善されてきたのかもしれません。

しかし、相変わらずいい加減なことをしているメディアもあるようです。どこからか入ってきた情報を事実関係の確認をすることなしに報道したり、被害者が何も言うことができない状態の時に加害者だけの自分勝手な言い分を報道したりして、被害者やその遺族を苦しめているマスコミがかなりあるようです。

事件発生後、どん底の精神状態で悲嘆にくれる私たちは多くの心優しい人たちによって助けられました。私たち夫婦の友人、職場の仲間や神戸大学放射線医学教室の方々には、本当に助けられ、支えてもらったという気持ちで一杯です。菩提寺である月照寺のご住職も非常に私たちのことを心にかけてくださり、淳を慰霊するために特別に地蔵を作って頂いたりもしました。

このような周囲の暖かい人たちにより支えられて、私たち家族は、まだ充分とは言えないまでも、取り敢《あ》えず精神的にも回復してくることができたと思います。

しかしながら、良い人たちばかりではないことも事実でした。話したくはないことですが、私たちの心をさらに傷つけることなど気にもかけないような人も現実には多く存在しました。

この本を当初出版したときと現在とでは、状況が異なるところがいくつかあります。大きく異なるところは、やはり少年法が改正されたということだと思います。そして次には犯罪被害者保護法の施行や刑事訴訟法の一部改正などがあります。

中でも、特筆すべきことは、やはり少年法の改正だと思います。制定後五十年経ち、その間にも何度か改正の話がでたことはあったにもかかわらず、改正されることなくここまで続いたあの少年法が、不充分とはいえ、やっと改正されたのです。少年犯罪被害者を苦しめ続け、そして少年犯罪被害者のさらなる犠牲のうえに成り立っていた法律が、ほんの少しですが、変わったのです。

少年法改正の骨子は、

一　刑事処分可能年齢を十六歳から十四歳に引き下げる
二　十六歳以上の少年の故意犯による死亡事件は原則的に検察官送致とする
三　家裁の審判に、裁判官三人による合議制を導入
四　重大犯罪においての事実認定手続きにおける検察官の関与
五　少年審判記録の一部閲覧や謄写《とうしゃ》を認める

などです。しかしながら、家裁の担当判事の判断にまかせられることが多いため、これらの充分とはいえない改正でさえも、運用によってはさらに不充分にならないともかぎりません。少年犯罪被害者の遺族として、「五年後の見直し検討」のためにも、しっかりと見守っていく必要があると思っています。

また犯罪被害者保護法も二〇〇〇年十一月に施行されましたが、まだまだ充分とは言えない状況で、被害者の権利の確立は非常に重要な今後の課題です。

日本国憲法では、被疑者・被告人のために十箇条もの条文を割いています。しかし、被害者については、特に触れられておらず、基本的人権に関する条文に基づくものしかありません。

被害者の保護や被害回復への援助もまだまだこれからの問題です。事件直後から、被害者やその遺族には、人的にも金銭的にも充分な援助が必要です。しかし、税金は加害者のためには湯水のごとく使われますが、被害者やその遺族のためにはごくわずかしか使われません。

現在の日本の法律では、被疑者・被告人の権利はかなり充分に確立されています。しかしながら、被害者やその遺族のためにはその何分の一の権利さえないのが現状です。すなわち最も弱い立場の人間は、被害者であるということです。そのためには被害者を保護し、権利や被害の回復を促すような法律の制定を急ぐべきだと思います。重要なことは、今現在平穏に暮らしている誰しもが、凶悪な犯罪の被害者になりうるということを絶対に忘れてはいけないということです。そのためにも、我が国は被害者などの本当の弱者に優しい国に変わって行く必要があると思います。

一九九七年五月二十四日という日を、私たち家族は一生涯忘れることはないと思います。私たちが大切に育ててきた淳はあのような酷いかたちで命を奪われました。私たちはこの犯人のことは絶対に忘れることは有り得ませんし、そして許す時がくるとは思えません。

私たちの子供の事件を含め多くの残虐な事件が発生しています。このような悲惨な事件で、被害者やその遺族がどれほど苦しめられているかを社会が反省して欲しいと思います。そして私たち家族を悲しみのどん底に突き落としたような悲惨な事件が少しでも減少し、さらには私たちのように悲嘆にくれる家族が少しでも減少するような社会になることを心から願っています。

土師 守

二〇〇二年四月

解説

本村洋

1．はじめに

まず最初に私とこの本との出会いを書かなければならない。

一九九七年五月二十四日。

この日、土師淳《はせじゅん》君の命が奪われた。犯人は十四歳の少年であった。

当時私は大学四回生で、遊ぶことに夢中だった。当該事件が「神戸連続児童殺傷事件」としてセンセーショナルな報道がされていたことは知っていたが、愚かな私が淳君の死から学んだことは、少年法という特別法の存在だけで、この事件が内包している多くの問題を何一つ抽出し考察することをしなかった。私は尊い淳君の命から何も学ばなかった愚者である。

一九九九年四月十四日。

この日、私の妻と娘の命が奪われた。犯人は十八歳の少年であった。事件後、淳君の命から何も学ばなかった私は、少年法の理不尽さを初めて知ることになる。少年法に戸惑いと怒りを抱いている私に、私の事情聴取を担当して下さった刑事さんが「洋君、私も少年法のことは良く分からないから、まずこの本をきっかけに一緒に少しずつ勉強していこう」と言って買い与えて下さったのが『淳』であった。私が事件直後の悲しみや絶望の中、加害少年や少年法に対して漠然と心の中に燻《くすぶ》らせていた怒りに明確な根拠とその方向性を指し示してくれたのが『淳』である。もし、この本がなければ、私が自らの怒りや憎しみの向けるべき正しい方向性を見出《みいだ》すことが出来ず、自暴自棄になり、自らの人生を自らの意思で破綻《はたん》させていたことは必至であった。

事件から三年が経過した今、私などがこの本の解説を書くという大役を依頼されるとは想像だにもしていなかったし、また私には読者の方々に明確な解説を示す力量がないことは重々承知しているが、この本によって人生を救われた一人として、感謝の気持ちを込めて解説を書かせて頂きたいという思いに至り筆をとっている次第である。

2. 少年法の沿革と取り巻く状況

記憶に新しい方もおられるかと思うが、少年法は改正された。

現行少年法は、一九四五年に日本が第二次世界大戦に敗れ、一九五二年にサンフランシスコ条約が発効し独立するまでの間、アメリカの占領下においてGHQ主導で作成され、一九四九年に施行された。その後、幾度も少年法改正が議論されて来たが、法改正までには至らなかった。

しかしながら、一九八九年「女子高生コンクリート詰め殺人事件」、一九九三年「山形マット死事件」、一九九七年「神戸連続児童殺傷事件」など、少年による凶悪な事件が発生する度に少年法改正が世間の関心事となり、更に少年事件の被害者自身が少年法の理不尽さを切実に訴え、土師守さんご自身が国会でご意見を述べられた結果、これまで何度も頓挫《とんざ》した少年法改正が実現した。二〇〇〇年九月、自民党が議員立法により少年法改正案を臨時国会に提出。二〇〇〇年十一月、改正少年法が成立。二〇〇一年四月、施行。実に制定から五十年ぶりに少年法が改正されたことになる。

これまで燻っていた少年法改正議論が「神戸連続児童殺傷事件」をきっかけとして、「現行少年法が世間一般の国民感情から著しく乖離《かいり》しているのではないか」という考えによって少年法改正の世論が強まり、少年法改正を促進したことは周知の事実であると思う。この少年法改正の世論の高まりを、少年法改正反対の立場をとる法学者や実務家は、一般的に以下のような理由で非難する。

「少年が行なった行為が殺人など残虐《ざんぎゃく》な犯罪だった場合、マスコミはことさら『少年』ということを過度に強調し、『少年法は甘い』、『少年にも厳罰を』という世論を形成し、必ずしも正しい理解に基づかないまま法改正が検討される」

もちろん、この事件の内容があまりにも残虐かつ非道で、私達の常識では理解し難い事柄が多くあり、マスコミがその点をことさら大々的に報じたことにより世論が高まったことは否定できない。そして、限られた情報の中で判断する世論が、必ずしも正しい理解に基づいていないことも事実であると思う。

しかしながら、現行少年法が絶対正義であり万能であるわけがない。また、法学者や実務家が常に正しい理解をしているわけでもなく、世論の高まりに対して「正しい理解に基づかない」などと民意を一蹴《いっしゅう》するのは、司法に携わる方々の怠慢であると私は考えている。

不幸にして少年事件に捲《ま》き込まれた被害者や遺族が、怒り、憎しみ、悲しみ、絶望……そういった言葉では言い表わす事の出来ない情状下で諸々《もろもろ》の感情を心の奥底に捩《ね》じ込み、社会規範を守り、法を信頼する気持ちを取り戻す為《ため》に、少年法を通して「人

「権とは何か」、「少年の保護更正とは何か」、「罪と罰とは何か」などを懸命に考え、社会に訴える声に聞く耳を持たない人間に司法に携わる資格などない。

今日において、少年法改正に異議を唱えている方々には、少年側の観点のみで少年法を議論する思考が見受けられる。「神戸連続児童殺傷事件」において加害少年の弁護を担当した野口義國弁護士は著書（『それでも少年を罰しますか』）の中で、「少年法改正の根拠に被害者救済をあげる人もいるが、被害者救済はそもそも少年法がカバーすべき問題ではない」と言いきっており、端《はな》から被害者感情を少年法に反映させることを否定しているのは驚くべきことである。

犯罪とは、基本的に被害者と加害者の当事者間の問題であることは当然であり、日本では明治時代初期まで復讐権《ふくしゅう》（私刑）が認められていた事実に鑑《かんが》みると、近年において社会が発達し、治安維持や犯罪の予防、そして犯罪者の更正のために、その当事者の間に刑事政策が割って入ってきただけのことである。この国家の介入は良いことであると考えているが、刑法や少年法を議論する時、加害者と被害者の双方を知らなければ不充分なものになることは必然である。少年法は少年の矯正を目的とする福祉法的な側面もあるが、刑罰である以上その基本は応報であるはずで、加害少年の処遇を決定するに際して被害者を切り離すことなど出来るはずがない。少年法改正において、刑罰の根本理念である応報や被害者感情慰撫《いぶ》を少年法に盛り込むべきではないという間違った考えが法曹界に蔓延《まんえん》した結果が、五十年に亘《わた》り少年法改正が実現されなかった原因であると考えている。今日まで少年法改正議論を何度も頓挫させ、被害者救済を早急に実現しなかった司法関係者各位には真摯《しんし》に反省して頂きたいと思っている。

この書は、先述したような、今まで少年側の観点のみから少年法を論じてきた風潮に大きな一石を投じる書であり、少年法を専門と自負している法学者や実務家の方々は必読すべきものである。

3．少年法とは

六法全書を開き、少年法の掲載箇所を探すと刑事訴訟法編の中にある。次に少年法を読んでみると、第四章「少年の刑事事件」第三節「処分」という節があり、死刑や無期刑の緩和や仮出獄など少年の処罰について記載されており、これはさながら刑法的なものである。

また、少年法第一章第一条（「この法律の目的」）には以下のことが謳《うた》われている。

「この法律は、少年の健全な育成を期し、非行のある少年に対して性格の矯正及び環境の調整に関する保護処分を行うとともに、少年及び少年の福祉を害する成人の刑事事件について特別の措置を講ずることを目的とする」

つまり、少年法とは、犯罪に対する国家の取扱を示す刑法と刑事訴訟法の二法に亘る特別法であり、且《か》つ保護処分により、少年の健全育成と矯正教育を実施し、非行少年の更正を実現せしめて犯罪防止を図る刑事政策の一環であると考えられる。

少年法の理念は理解し難いが、刑法と少年法を簡単に比較してみると分かりやすい。刑法の基本理念は罪刑法定主義である。つまり犯罪に対する処罰を法律で規定し、罪を犯せば刑に処すると国家が威《い》嚇《かく》し、また刑罰を実行し国民に示すことで社会秩序を保ち（一般予防）、罪を犯した者は二度と犯罪に陥らないよう刑罰により苦痛を与え再犯を防止する制度である（特別予防）。

少年法は、刑法の特別法であるから、先述した刑法基本理念は含まれた上で、更に少年の健全育成のために「少年に対して性格の矯正及び環境の調整」を実施しなければならないのである。

極端な例を挙げれば、成人が殺人を犯して懲役十年の刑罰を宣告されたとすれば、その加害者は十年間労役の義務を果せば良いのであるが、少年が殺人を犯せば懲役だけでは不充分であり、性格の矯正教育が強制的に実施され、少年は更正しなければならないのである。

そう考えると少年法とは実は、少年に対して大変過酷な要求をしている法律であり、少年法の理念は少年に対して決して甘い訳ではないと思う。

そして、かく言う私も少年法の理念は正しいと考えている。

しかし、「少年法は甘い」と感じるのは、その少年法の理念を実現するための運用に問題があるからだ。

単刀直入に言わせて頂ければ、少年審判のあり方やそこに携わる方々の思考、矯正教育と社会全体の少年の受け入れ体制に問題があると考えている。

少年が犯罪を犯した場合、少年審判に付せられ（少年審判については後述する）、人を殺《あや》めた少年であっても、ほとんどが刑罰ではなく矯正教育を受けるため少年院や少年鑑別所などに送致され、特別な場合を除き三年以内には社会復帰する。保護観察中の再犯率は少年院で約二五パーセント、少年刑務所では四〇パーセント以上の再犯率である。この結果を矯正教育による更正が「成功した」とみなすか「失敗した」とみなすかは、個人の主観に委《ゆだ》ねるしかない。私は、失敗ではないかと考えている。

なぜ矯正教育を施しているにもかかわらず、これほどまでに再犯率が高いのか私は知らない。少年院や少年鑑別所、少年刑務所においてどんな矯正教育をおこなっているかも知らない。いずれにせよ、少年の要保護性を主張し、矯正教育による更正を行なうため、少年の社会復帰の妨げにならないように、少年の名前や顔写真等の少年を特定する情報を報道することを規制しておきながら、再犯率がこれほどまでに高いのは残念である。

もしかしたら、私達社会の加害少年の受け入れ体制が出来ていないのが問題なのかもしれない。と思うのは、少年が更正する場所は社会であり、仮に少年が再犯した場合、リスクを負うのは私達国民であることは忘れてはならないし、少年の再犯を防ぐ意味でも、私達の生活を守る意味でも少年には更正してもらわないと困る。よって社会全体で少年の更正を支えなければならないのであろうが、果して私達の社会はそうした加害少年達を受け入れる準備が出来ているか、疑問であるからだ。

少年の再犯には様々な要因があると考えられるし、それについて大した知見を持っていないので、これ以上再犯の問題を論じることは出来ないが、もう一点だけ私の見解を述べたいと思う。

これは私の勝手な思い込みかもしれないが、少年の再犯は、少年の心に贖罪《しょくざい》意識が育っていないからではないかと思っている。少年審判には被害者の傍聴や意見陳述などは一切許されていない。よって、少年審判において、裁判官や附添人が少年の贖罪意識を促すような発言をしなければ、少年は被害者の苦しみや悲しみ、つまり己の犯した罪と真正面から向き合うことがないのである。

「神戸連続児童殺傷事件」の少年Aの弁護を担当した野口義國弁護士は、最終審判において少年に対しての発言を振り返りこう述べている(『それでも少年を罰しますか』より)。

「私は意見の結びとして少年に対し次のように述べた。

『君はまだ十五歳で、これからいろいろなことを経験していくはずだ。いままで君は人間の暗い面ばかりを見て、世の中は嫌なものだと考えているかもしれない。でもこれから、きっと、もっともっと楽しい経験もするはずだ。いろいろな人々にも出会うだろう。人生をあきらめず、世の中のすばらしい面にも、どうか目を向けてほしい』

被害者の冥福《めいふく》を祈れ、償いをせよというようなことをなぜ言わなかったかと問われるかもしれない。私はそのようなありきたりの説教をしても、彼の心には届かないと思ったのである」

野口弁護士の考えでは、被害者へ対する贖罪意識を説教するのは当然ではなく、ありきたりらしい。しかし、そのありきたりの言葉を被害者が自身の言葉で少年に伝えても、野口弁護士はそんなありきたりなことは通用しないというのだろうか？　野口弁護士がありきたりと軽く言えるのは、被害者の方々の地獄のような苦しみを何一つ知らないからである。

また、神戸家庭裁判所井垣康弘判事が、二〇〇〇年十一月二十九日神戸新聞に掲載した論文で、当該事件に対して以下のように述べている。

「少年Aが無事社会に戻ったとして、それから、さらに五十年もの月日が経過した遥《はる》か将来のことを、今イメージしている。すでに古希に達した老人Aとその弟たち、山下彩花《あやか》ちゃんのお兄さん、土師淳くんのお兄さんが、月に一回、地域の小学生や中学生、高校生や大学生らと、北須磨《すま》のタンク山や公園に集まり、みんなで山や公園の清掃をしている。その謝礼でお花を買い、彩花ちゃんと淳くんのそれぞれのお家に届け、二人のことをしのぶ集いを持つ……」

裁判官の方々が、こんな綺麗《きれい》ごとをイメージしながら審判を下しているのであれば、全く被害感情を理解していないとしか言えず、正直に言って、呆《あき》れてここに記載する言葉すら見付からない。

このような思考の方々しか少年の周りにいないとすれば、被害者の苦しみや怒りを知り、己の犯した罪の深さを知り、贖罪の気持ちに目覚め、反省し、慟哭《どうこく》し、罪に対する償いをどのようにすべきであるかと苦悩する日々が少年に訪れることがあるのだろうかと疑心を抱かざるをえない。

全《すべ》ての少年に更正の可能性があるともないとも言えないが、私はこの苦悩の果てに少年の更正があると信じて疑わないし、己の犯した罪に対する償いについて、苦悩の出来ない者は更正できないと考えている。

少年が犯罪に陥る理由は様々であると思う。生まれながらにして不幸な環境で育ち、それ故《ゆえ》犯罪に陥った不幸な少年も多くいることであろう。だからと言って甘やかしてはいけない。ちゃんと罪を認識させて反省させ、自らの愚かさを悟り苦悩しなければ、少年はいつまでたっても更正しないと私は考えている。

少年法の理念は少年に対して厳しいのである。

4．改正前少年法の問題点

これまで少年法の理念について私の意見を交えて説明させて頂いた。

次に少年法の各論の問題点について話を移す。少年法の問題は、窃盗などの軽微な犯罪と殺人や強姦《ごうかん》などの重大な犯罪を区別せず取り扱っている点と、少年の保護を優先し過ぎたばかりに、被害者・遺族への配慮や保護を著しく欠いた点である。

改正前少年法の問題点の大まかなところを列記すると以下のようになる。

①事実認定の問題（少年審判手続きのあり方）

②刑罰適用年齢の問題（刑法では刑罰適用年齢は十四歳以上だが、少年法では十六歳未満は検察官への逆送致が認められておらず、刑罰に科すことができない）

③少年の矯正教育のあり方（犯罪少年の保護観察中の再犯率だけでも約二五パーセントである）

④犯罪少年の処罰強化（少年法で死刑適用年齢を十八歳以上に制限している）

⑤少年事件の報道規制の問題（犯罪少年の氏名や顔写真、住居など少年を特定できる報道を規制）

⑥被害者救済に関わる諸問題（審判の傍聴権や審判記録の閲覧権・謄写《とうしゃ》権、審判での意見陳述権など）

少年法の問題を各論で取り扱うと膨大な紙面が必要となるので、各論を一つ一つ挙げて説明することはしないが、最後に参考文献をあげておくので、興味のある方は参考にして頂きたい。

ここでは、今回の法改正で大きく改正された少年審判手続きについてだけ、若干の説明をする。

改正前の少年法の抱える問題点として最も強く指摘されていたものに事実認定の問題、つまり少年審判手続きのやり方があった。要は少年審判では犯罪事実（非行事実）を誤認し冤罪《えんざい》が発生し易《やす》いということで、これは少年側、被害者側双方に不利益なことである。少年の刑事事件の場合、成人のような刑事裁判は開かれず、まず少年審判に付せられる（少年審判の結果、刑事処分が相当と認められたとき、検察官へ逆送致され成人同等の刑事裁判に付される）。

成人の刑事裁判は、公開の法廷で行なうことが原則であり、三人の裁判官による合議制が採用され、裁判には検察官が関与し、犯罪事実を厳密な捜査による証拠をもとに立証する。被告人は到底法律の専門家である検察官の攻撃に太刀打ち出来ないので、被告人を援助するため弁護人が必ず選任され、検察官の提示した証拠に対してその証拠能力を徹底的に追及し、事実誤認の防止に努める。また、検察官、被告人ともに上訴が認められており、判決に不服がある場合は上級裁判所の審判による是正を申し立てすることが出来る。

一方、少年審判は非公開が原則であり、検察・警察の捜査結果と家庭裁判所調査官の調査結果をもとに、一人の裁判官が犯罪事実（非行事実）の認定を行ない、少年の処遇を決定する。少年審判には附添人として、弁護士または保護者を選任することができる。事件を捜査した検察官は少年審判に参加することは出来ず、少年審判の決定に対する抗告権すらない。抗告権が認められているのは少年、もしくはその法定代理人、または附添人だけである。

両者を比較すると、明らかに少年審判の方が事実誤認し易いことが明々白々である。少年審判での事実認定の曖昧《あいまい》さは「山形マット死事件」で最も顕著に露呈した。この事件は、山形県の中学校で、当時中学一年生の児玉有平君が、体育館の用具室のロール状に巻かれて立てられていた体操用マットの空洞部分に頭から逆さまに押し込まれ窒息死した事件で、被告少年は七人、事情聴取した子どもは百五十人にのぼる。この七人の供述調書と百五十人の目撃証言等の調書を、一人の裁判官が熟読し事実認定をしなければならなくなり、加えて被告少年達が、審判の過程で事件の関与を容認から否認へ転じたりしたこともあり、この事件では家裁と抗告審で異なった結論が出され、犯罪事実が曖昧かつ不透明な状態で終結し大きな問題となった。

当該事件ご遺族にとっては、審判過程は非公開であり、自分の子どもを死に追いやった者が誰なのかなど犯罪事実が曖昧な状態で審理が終了しており、ご遺族の心中は察するに余りある。また被告少年も事件関与の否認が事実であれば、不幸なことである。この事件では、主犯格と目されていた少年三人が不処分（無罪）となり、従犯格の少年四人が処分を受けている。児玉有平君のお父様は、事件の真実を知るために被告少年七人に対して損害賠償請求訴訟を起こした。

平成十四年三月十九日、山形地裁がこの民事訴訟の判決を言い渡した。「無罪」である。

少年審判により処分に付された少年がいるにもかかわらずである。

審判過程は非公開のまま、民事訴訟では無罪の判決が下った。

自分の子どもを死に追いやった者が誰なのかなど、犯罪事実が曖昧な状態で民事訴訟もまた審理が終了しており、ご遺族の心中は察するに余りある。また被告少年らも事件関与の否認が事実であれば、処分を受けたり長期に亘《わた》り裁判に関わることを強要されたことは不幸なことである。仮に、犯行に関わったことが事実であれば、嘘《うそ》を付けば何とか罪から逃れることが出来ると学んだ少年は、更正の機会を逸したことになり、これもまた不幸なことである。

結局、この事件の裁判により、実益を得た者は誰一人としていない。全ては、少年審判において犯罪事実を曖昧にしたことが原因である。本事件は、旧少年法の運用方法では、少年法の理念から程遠く逸脱した結果を迎えることを実証した一例であると思う。

今はただ、法の不備に振り回された、児玉有平君とご遺族の方々の心安らぐ時が一日でも早く来ることを願うばかりである。

5．少年法改正後に残る問題点

今回の法改正点について以下に述べる。

①被害者等による記録（犯罪事実）の閲覧及び謄写が認められた。（第五条の二）
↓これまでは、少年審判は非公開であり、たとえ遺族であっても傍聴は許可されず、ましてや審判記録の閲覧・謄写は許されていなかった。つまり、被害者は事件についての情報を全くと言っていいほど開示してもらえなかったのである。今回の法改正で、やっと被害者が事件についての情報を得ることが認められたことになる。

②被害者等の申出による意見の聴取が認められた。（第九条の二）
↓これまでは少年審判は非公開であり、被害者の意見聴取が認められなかったが、事件や加害少年の処遇に対する意見を家庭裁判所または家庭裁判所調査官が聴取する

ことが規定された。この意見聴取が審判結果にどれほどの影響を与えるのかは定かではないが、被害者側の心情を少しでも審判に取り入れようとする司法の考えが感じられる。

③被害者等に対し審判結果を通知することが規定された。（第三十一条の二）

↓この法改正により、⑴少年及び法定代理人の氏名及び住居⑵決定の年月日、主文及び理由の要旨を被害者側から申出があった場合は通知することが規定された。これまでは、少年により家族を殺害されたご遺族の中には加害少年の名前すら教えてもらえない人もおられたのである。

④検察官への送致年齢の変更（第二十条①）

↓改正前の少年法では、検察官へのいわゆる逆送致年齢は十六歳以上であり、刑法が十四歳以上に対して刑罰を科すことを謳っているにもかかわらず、少年法により十四歳、十五歳の者には刑罰を科すことが出来ず、刑罰適用年齢がダブルスタンダードになっていた。今回の法改正により十四歳以上の検察官への逆送致が認められ、刑罰適用年齢が刑法との整合性をとったことになる。

⑤検察官への送致理由の法定化（第二十条②）

↓これまでは、検察官に逆送致するか保護処分にするか、つまり刑罰を科すか、矯正教育（保護処分）を科すかは家庭裁判所に一任されていたが、法改正により十六歳以上であって、被害者を死亡させた故意犯罪の事件であれば、基本的に検察官へ送致することが規定され、矯正教育（保護処分）より刑罰を科すことを司法は選択したが、最終的に裁判官の裁量が残されているので、結局は裁判官次第では従来と変わらない場合も有り得る。平成十年では、少年による殺人事件が百十五件、傷害致死が百五件。そのうち逆送致されたのが、殺人で十六件、傷害致死で十五件。合計で三十一件であり、逆送致率は一五パーセント程度であったが、今後はこの逆送致率がどう変化するか注目しなければならない。

⑥少年審判の合議制の採用（第十二条②、第十三条③、第十七条⑩、第十七条の二③、第十七条の四②、第二十六条⑥）

↓少年審判において、これまでは裁判官が一人で審判を行なったが、法改正により裁判官一人では負担が大きいと裁判所が判断した場合は、三人の裁判官による合議制を採用することができることになった。

⑦少年審判への検察官の関与（第二十二条の二、三）

↓故意の犯罪により被害者を死亡させた事件などで、その非行事実認定のため審判手続きに検察官が関与する必要があると認めるときは検察官を審判に出席させることが認められた。また、検察官が関与する場合、弁護士である付添人が付かなければならないことが規定された。

⑧検察官の抗告権（第三十二条の四）

→検察官が少年審判に関与した場合に限って、裁判所の決定に重大な事実誤認などがあった場合は、抗告審の申立てが認められた。

⑤〜⑧の法改正により、審判手続きの不備による事実誤認などは軽減し、適正な審判手続きが可能になると考えられる。

⑨保護者に対する措置（第二十五条の二）

→従来の少年法では、保護者に対する項目はなかったが、今回の法改正では、以下に示す保護者に対する措置が加えられた。「家庭裁判所は、必要があると認めるときは、保護者に対し、少年の監護に関する責任を自覚させ、その非行を防止するため、調査又は審判において、自ら訓戒、指導その他の適当な措置をとり、又は家庭裁判所調査官に命じてこれらの措置をとらせることができる」

以上が主な改正点である。

今回の法改正は、少年の厳罰化が強調され、「少年犯罪に対して厳罰化しても問題解決には繋《つな》がらない」という批判の声も散見されたが、何より被害者に対する情報公開や審判における事実認定の強化、保護者に対する措置などが盛り込まれ、少年審判での被害者の傍聴と意見陳述が認められなかったことに不満はあるが、良い方向へ前進したことは間違いないし、少年法改正を訴えてきた少年犯罪の一遺族として、被害者救済を盛り込んだ今回の法改正にご尽力して下さった方々には深く御礼申し上げたい。

そして、これに満足せず、更に良い法律にするようご尽力して頂けることを切に願う。

6．まとめ

少年法改正後も残る少年法の課題としては、結局は少年法の理念を如何《いか》にして全うするかであると思う。

少年法は、刑法である以上、犯罪を刑罰をもって威嚇し、社会秩序維持を図らなければならないし、また刑罰の基本は応報であり、被害者の怒りや悲しみを慰撫しなければならない。その一方で、犯罪に陥ってしまった少年に対して、時には刑罰ではなく保護処分を選択し、矯正教育による更正をしなければならない。

少年法は、「刑罰」と「保護（矯正教育）」の二つの側面を持ち合わせており、一見、二律背反するこの二つの処遇をうまく折り合いを取って行かなければならず、その折り合いは司法に委ねられている。

しかしながら、罪を犯した人間が、罪を償うことは当然であり、且つその罪を反省し、二度と罪を犯さない人間になるように努めることも当然であると思う。さすれば、「刑罰」と「保護」は、決して二律背反するものではない。刑罰を科さなければ更正できない少年には刑罰を科し、矯正教育により更正できる少年には矯正教育を科すだけのことである。難しいのは、刑罰を科すべきか、矯正教育を科すべきか、その判断基準が明確でないからであり、また全ての人間が更正するという保障がないことである。

私は、十八歳の少年により何の罪も落ち度もない二十三歳の妻と十一ヶ月の娘を惨殺された。私は少年の犯した罪は万死に値すると考えている。しかしながら、裁判所つまり司法は一審、二審とも検察の死刑求刑を退け「更正の可能性がないとは言い難い」という理由で無期懲役の判決を下した。現在、私の事件の判決は、最高裁判所に委ねられている。

日本は法治国家である以上、この国の価値規範は国家が定義する。日本の価値規範では少年に「更正の可能性」があれば、遺族の切実なる応報感情や非業《ひごう》の死を遂げた者の無念の思いより、少年の更正を最優先に考慮した判決を下す。犯罪被害者・遺族は、その判決に従うほか術《すべ》がない。

多くの少年犯罪の被害者や遺族は、「少年の更正」のために、応報感情を満たされず、断腸の思いで裁判所の判決を受け入れてきたのであると思う。もし、私刑が許されていれば、まずそういった遺族は、愛する人を死に追いやった人間がこの世に存在することを許してはいないであろう。無論、私は許さない。

しかし社会全体で考えた時、人材は豊富な方が良い。一度は罪を犯した人間が悔い改め、反省し、立派な人間になり、社会に貢献できるのであれば、その方が社会全体にとっては有益なことは被害者も理解できる。だからこそ、応報感情を心の奥底に捩じ込み、裁判所の判決を受け入れるのである。個の感情を犠牲にすることで、社会や国家に貢献するのである。被害者はその意思には反して、社会の犠牲になるのである。

国家によって更正する機会を与えられた少年は、こうした被害者・遺族の筆舌に尽くせない感情と寛容の上に更正の機会が与えられていることを知らなければならない。

そして、更正の機会を与える者は、この被害者感情を少しでも理解する努力と、その感情を如何にすれば少年に伝えることが出来るかを常に考えなければならない。

「少年には更正する権利がある」などという理由で、少年個人の利益しか考えずに少年の更正を声高に叫んでいる人間に、少年を更正させることなど出来はしない。


日本における刑事事件の約半数が少年による犯罪である。

そして、矯正教育を施された少年が重大事件を起こすことは決して珍しくない。

多くの少年事件の被害者や遺族の方々の積年の思いがこの少年法改正を実現した。

しかし、この法改正により全ての問題が解決した訳ではない。むしろ、少年の矯正教育のあり方などは、今回の法改正では全くといっていいほど議論されておらず、少年の再犯は繰り返されるであろう。

私達は、この少年法改正を契機に、今一度少年犯罪や矯正教育のあり方について考えなければならない。

それは、少年の更正のために考えるのではない。

犯罪による被害者をなくすためであり、その実現の手段に少年の更正があるだけのことである。

少年法は、加害少年のためにあるのではない。少年犯罪による被害者を一人でも減らそうとすることが大原則であり、その大原則の上に少年法の理念があるだけである。

もう一度、この大原則を思い出し、少年法を議論する時ではないかと私は思う。

そして、この本はその原点であると思う。

7．最後に

妻と娘を殺害された怒りや憎悪《ぞうお》を、少年法をはじめ被害者の人権等について考えるエネルギーに変換してくれたのが、この『淳』である。

最愛のご子息の非業の死を目《ま》の当たりにした絶望の中、残されたご家族を守り、報道被害や数々の風評に敢然と立ち向かい、冷静に状況を把握し、且つその問題点を少年犯罪や犯罪報道、犯罪被害者の権利などに区分し明確に整理された土師守様の偉業は、私をはじめ多くの犯罪被害者・遺族を救ったことであると思う。

改めて、土師守様の偉業に心より感謝の意を表します。

そして、淳君のご冥福を心よりお祈り申し上げます。


（平成十四年三月、全国犯罪被害者の会〈あすの会〉幹事・会社員）

参考文献

『それでも少年を罰しますか』　野口義國　共同通信社
『少年の「罪と罰」論』　宮崎哲弥、藤井誠二　春秋社
『少年法を問い直す』　黒沼克史　講談社現代新書
『少年法は誰の味方か』　佐々木知子　角川書店
『少年犯罪と少年法』　後藤弘子　明石書店
『人権を疑え！』　宮崎哲弥編　洋泉社
『少年法入門』　澤登俊雄　有斐閣ブックス
『刑事法入門』　大谷実　有斐閣

この作品は平成十年九月新潮社より刊行された。

泉　鏡花著

婦　系　図

『湯島の白梅』で有名なお蔦と早瀬主税の悲恋物語と、それに端を発する主税の復讐譚を軸に、細やかに描かれる女性たちの深き情け。

井上　靖著

しろばんば

野草の匂いと陽光のみなぎる、伊豆湯ヶ島の自然のなかで幼い魂はいかに成長していったか。著者自身の少年時代を描いた自伝小説。

石川啄木著

一握の砂・悲しき玩具
―石川啄木歌集―

処女歌集「一握の砂」と第二歌集「悲しき玩具」。貧困と孤独の中で文学への情熱を失わず、歌壇に新風を吹きこんだ啄木の代表作。

稲垣足穂著

一千一秒物語

少年愛・数学・星・飛行機・妖怪・A感覚……近代文学の陰湿な風土と素材を拒絶して、時代を先取りした文学空間を構築した短編集。

井上ひさし著

私家版日本語文法

一家に一冊話題は無限、あの退屈だった文法いまいずこ。日本語の豊かな魅力を爆笑と驚愕のうちに体得できる空前絶後の言葉の教室。

五木寛之著

風の王国

黒々と闇にねむる仁徳天皇陵に、密やかに寄りつどう異形の遍路たち。そして、次第に暴かれる現代国家の暗部……。戦慄のロマン。

向田邦子著

寺内貫太郎一家

著者・向田邦子の父親をモデルに、口下手で怒りっぽいくせに涙もろい愛すべき日本の〈お父さん〉とその家族を描く処女長編小説。

向田邦子著

思い出トランプ

日常生活の中で、誰もがもっている狡さや弱さ、うしろめたさを人間を愛しむ眼で巧みに捉えた、直木賞受賞作など連作13編を収録。

向田邦子著

男どき女どき

どんな平凡な人生にも、心さわぐ時がある。その一瞬の輝きを描く最後の小説四編に、珠玉のエッセイを加えたラスト・メッセージ集。

向田邦子著
碓井広義編

少しぐらいの嘘は大目に
―向田邦子の言葉―

没後40年――今なお愛され続ける向田邦子の全ドラマ・エッセイ・小説作品から名言・名ゼリフをセレクト。一生、隣に置いて下さい。

武者小路実篤著

愛と死

小説家村岡が洋行を終えて無事に帰国の途についたとき、許嫁夏子の急死の報が届いた。至純で崇高な愛の感情を謳う不朽の恋愛小説。

武者小路実篤著

真理先生

社会では成功しそうにもないが人生を肯定して無心に生きる、真理先生、馬鹿一、白雲、泰山などの自由精神に貫かれた生き方を描く。

押川剛著

「子供を殺してください」という親たち

妄想、妄言、暴力……息子や娘がモンスター化した事例を分析することで育児や教育、そして対策を検討する衝撃のノンフィクション。

吉村昭著

羆（くまあらし）嵐

北海道の開拓村を突然恐怖のドン底に陥れた巨大な羆の出現。大正四年の事件を素材に自然の威容の前でなす術のない人間の姿を描く。

門田隆将著

なぜ君は絶望と闘えたのか
―本村洋の3300日―

愛する妻子が惨殺された。だが、犯人は少年法に守られている。果たして正義はどこにあるのか。青年の義憤が社会を動かしていく。

「新潮45」編集部編

凶悪
―ある死刑囚の告発―

警察にも気づかれず人を殺し、金に替える男がいる――。証言に信憑性はあるが、告発者も殺人者だった！　白熱のノンフィクション。

清水潔著

桶川ストーカー殺人事件　遺言

「詩織は小松と警察に殺されたんです……」悲痛な叫びに答え、ひとりの週刊誌記者が真相を暴いた。事件ノンフィクションの金字塔。

幸田文著

父・こんなこと

父・幸田露伴の死の模様を描いた「父」。父と娘の日常を生き生きと伝える「こんなこと」。偉大な父を偲ぶ著者の思いが伝わる記録文学。

遠藤周作著
母なるもの
やさしく許す〝母なるもの〟を宗教の中に求める日本人の精神の志向と、作者自身の母性への憧憬とを重ねあわせてつづった作品集。

円地文子著
女坂
野間文芸賞受賞
夫のために妾を探す妻——明治時代に全てを犠牲にして家に殉じ、真実の愛を知ることもなかった悲しい女の一生と怨念を描く長編。

NHKスペシャル取材班著
日本海軍400時間の証言
—軍令部・参謀たちが語った敗戦—
開戦の真相、特攻への道、戦犯裁判。「海軍反省会」録音に刻まれた肉声から、海軍、そして日本組織の本質的な問題点が浮かび上がる。

新美南吉著
ごんぎつね でんでんむしのかなしみ
—新美南吉傑作選—
大人だから沁みる。名作だから感動する。美智子さまの胸に刻まれた表題作を含む傑作11編。29歳で夭逝した著者の心優しい童話集。

小川未明著
小川未明童話集
人間にあこがれた母人魚が、幸福になるようにと人間界に生み落した人魚の娘の物語「赤いろうそくと人魚」ほか24編の傑作を収める。

小林秀雄
岡潔著
人間の建設
酒の味から、本居宣長、アインシュタイン、ドストエフスキーまで。文系・理系を代表する天才二人が縦横無尽に語った奇跡の対話。

新潮文庫の新刊

E・レナード
高見浩訳

ビッグ・バウンス

湖畔のリゾート地。農園主の愛人と出会ったことからジャックの運命は狂い始める――。現代ノワールにはじめて挑んだ記念碑的名作。

M・コリータ
越前敏弥訳

穢れなき者へ

父殺しの男と少年、そして謎めいた娘。三人の出会いが惨殺事件の真相を解き明かす……。感涙待ちうける極上のミステリー・ドラマ。

紺野天龍著

幽世《かくりよ》の薬剤師
鬼の花婿

目覚めるとそこは、鬼の国。そして、薬師《くすし》・空洞淵霧瑚《うろぶちきりこ》は鬼の王女・紅葉《もみじ》と結婚することに。これは巫女・綺翠《きすい》への裏切りか――？

河野裕著

さよならの言い方なんて知らない。10

架見崎の命運を賭けた死闘の行方は？　勝つのは香屋か、トーマか。あるいは……。繰り返す「八月」の勝者が遂に決まる。第一部完。

大神晃著

蜘蛛屋敷の殺人

飛騨の山奥、女工の怨恨積もる〝蜘蛛屋敷〟。女当主の密室殺人事件の謎に二人の名探偵が挑む。超絶推理が辿り着く哀しき真実とは。

三川みり著

龍ノ国幻想8
呱《こ》呱《こ》の声

龍《たつ》ノ原《はら》を守るため約定締結まで一歩、皇尊《すめらみこと》の懐妊が判明。愛の証となる命に、龍は怒るのか守るのか――。男女逆転宮廷絵巻第八幕！

JASRAC 出0203305-507

淳《じゅん》

新潮文庫 は - 31 - 1

平成十四年六月一日発行
令和七年八月三十日七刷

著者 土《は》師《せ》守《まもる》

発行者 佐藤隆信

発行所 株式会社 新潮社

郵便番号 一六二—八七一一
東京都新宿区矢来町七一
電話 編集部(〇三)三二六六—五四四〇
読者係(〇三)三二六六—五一一一
https://www.shinchosha.co.jp

価格はカバーに表示してあります。

乱丁・落丁本は、ご面倒ですが小社読者係宛ご送付ください。送料小社負担にてお取替えいたします。

印刷・錦明印刷株式会社 製本・錦明印刷株式会社

ISBN978-4-10-133031-0 C0195